DUAS NOVELAS DE OUTONO

CANTE O HINO ANTES DE ENTRAR

A GRANDE IDEIA

Juremir Machado da Silva

Duas novelas de outono

Cante o hino antes de entrar
A grande ideia

Editora Sulina

Capa: Cintia Beloc
Projeto gráfico e editoração: Niura Fernanda
Revisão: Simone Ceré
Editor: Luis Antonio Paim Gomes

Dados Internacionais de Catalogação na Publicação (CIP)
Bibliotecária Responsável: Denise Mari de Andrade Souza – CRB 10/960

S586d Silva, Juremir Machado da

Duas novelas de outono. Cante o hino antes de entrar. A grande ideia / Juremir Machado da Silva. – Porto Alegre: Sulina, 2024.

248p.; 14x21cm.

ISBN: 978-65-5759-170-3

1. Literatura Brasileira - Novela. I. Título. II. Título: Cante o hino antes de entrar. III. Título: A grande ideia.

CDU: 821.134.3(81)-32
CDD:B869.3

Rua Leopoldo Bier, 644, 4° andar – Santana
Cep: 90620-100 – Porto Alegre/RS
Fone: (0xx51) 3110.9801
www.editorasulina.com.br
e-mail: sulina@editorasulina.com.br

Outubro/2024
IMPRESSO NO BRASIL/PRINTED IN BRAZIL

Para Laércio, amigo das
manhãs de Redenção.

SUMÁRIO

Cante o hino antes de entrar

A extrema direita voltou a presidir o Brasil na eleição de novembro, em meio a mais uma epidemia de dengue no país, brandindo um slogan remendado, “Deus protege os bons”. O Brasil havia adotado o regime parlamentarista um ano antes numa manobra perfeita de políticos do chamado Centrão, parlamentares de negócios e ócios, que se sentiram fortes para enfraquecer de vez um acuado Executivo. Uma pastora desconhecida, com outro slogan repaginado, “menina veste saia, menino veste calça”, assumiria o posto de primeira-ministra. Um cunhado da jovem nova mandatária do país seria eleito presidente da Câmara dos Deputados. Outro cunhado tornara-se o novo governador do Rio de Janeiro. Outro ainda chegava, pela primeira vez, ao Senado. Em começo de carreira, o cunhado mais jovem alcançaria, dois anos mais tarde, com votação recorde, uma cadeira na Câmara de Vereadores carioca. O patriarca, marido da presidente, um sargento da reserva de biografia turbulenta e linguagem de vestiário de pelada, ganharia o cargo da sua vida, aquele com o qual sempre havia sonhado, embora nunca tivesse falado disso em público por falta de quem o ouvisse ou por não ser levado a sério: ministro da Defesa.

O Brasil guinava à extrema direita impulsionado pela performance de Donald Trump nos Estados Unidos e pela trajetória fulminante de Javier Milei na Argentina. A campanha vitoriosa da família no poder exploraria, como de costume, o tripé Deus, Pátria e Família. O governo logo mostraria outra maneira de declinar esses valores requentados: teocracia, Teologia da Prosperidade e monogamia revalorizada.

Foi no dia posterior ao triunfo da presidente que João Farias assumiu publicamente a sua transição de gênero, aos 52 anos de idade, três casamentos heterossexuais, dois filhos e um neto. Francisco ficou sabendo disso ao chegar ao seu local de trabalho, a Escola de Ensino Médio Paulo Freire, na periferia sul da cidade. Ele pareceu não ouvir quando Vítor lhe deu a notícia. Ainda remoía as razões da vitória da inesperada presidente. A esquerda não tinha aceitado votar, num segundo turno inédito e turbulento, num ex-apresentador de programa de auditório dominical da Rede Globo e candidato do PSDB, por considerá-lo oportunista e neoliberal. Nem mesmo a ameaça de retorno do obscurantismo ao poder convenceu eleitores do PT e do PSOL a abraçar o "mauricinho da Globo", como era rotulado por militantes da terceira idade o novo político. O arrependimento, claro, viria rapidamente.

– Ele adotou o nome de Joana – insistiu Vítor.

– Simplifica – observou Francisco.

– Eu quis dizer ela.

Haviam caminhado automaticamente para o bar, o Barca, com suas mesas amarelas fornecidas por uma marca de cerveja, na esquina da escola. Se Francisco tinha os cabelos pretos bem curtos e usava uma mochilinha nas costas, Vítor adotava um modelo intermediário, entre saudoso da época hippie e constrangido com as novas modas, e uma bolsa verde a tiracolo. Se o primeiro já não tinha ilusões com a política, embora se visse como um espírito libertário, o segundo trabalhava escancaradamente pela revolução e anunciava a agonia do capitalismo colonialista com a sua nefasta necropolítica em fase de esgotamento.

– Vai ser um massacre – disse Francisco.

– Sim, ela vai ser massacrada.

– Eles conseguiram 380 cadeiras na Câmara e 55 no Senado. Têm maioria qualificada. Vão patrolar e aprovar qualquer emenda à Constituição.

– Temo pelo que possa acontecer com ela – resmungou Vítor.

– Com a presidente?

– Claro que não, imbecil, com Joana.

Francisco absorveu o insulto com uma careta. Detestava a liberdade que Vítor se dava no uso de palavras desagradáveis. Na verdade, apesar disso, gostava de Vítor. Bem, gostar, dizia, era forte demais. Não conhecia ninguém que merecesse ser gostado. Simplesmente simpatizava com o jeito do colega de acreditar no mundo, no futuro, na humanidade, na revolução, enfim, essas coisas, e, ao mesmo tempo, viver acossado por teorias da conspiração. Gostar de Vítor permitia que não se sentisse isolado, pois os demais colegas não iam com a sua cara. Francisco era visto como arrogante, presunçoso e velho. Esse último termo, claro, pesava mais do que os dois primeiros juntos.

— Tem algo errado aqui — rugiu Francisco.

— Muita coisa errada, parceiro.

— Digo que tem algo errado com você, chapinha. Uma mulher de extrema direita assume o poder e você só me fala da transição do João para Joana!

— Faz dezessete horas que tento digerir a vitória dos boçais. E você, cara, sempre tão interessado na vida das pessoas, que não diz nada sobre algo tão ou mais surpreendente que o triunfo dessa corja.

Francisco pediu uma Coca-Cola e uma torrada de presunto com queijo. Apesar do colesterol alto, não cuidava da alimentação. Já não cuidava, de resto, de coisa alguma. Gostava de imagens desgastadas para se definir com o menor número possível de palavras: remava. O seu problema resumia-se a uma única e repetida questão: o que fazer da vida depois da aposentadoria? A eleição da extrema direita acrescentaria uma camada a essa pergunta existencial: o que fazer da vida depois da aposentadoria num país governado pelos extremistas?

Havia frisados de nuvens esparsas no céu da cidade. Vítor fixou-se, por alguns segundos, num ponto à altura do peito do colega. Por fim, como se voltasse de uma profunda reflexão sobre a vida, disse:

— Você traz no peito a marca da solidão, de um homem sozinho.

O professor de literatura obrigou-se a uma manobra difícil para enxergar o próprio peito. Havia uma mancha redonda de café ali. Uma mancha marrom sobre uma camisa azul desbotada. Francisco buscou a resposta como quem precisa de um lance bem jogado numa disputa:

— Apesar de jovem, você tem o imaginário da velha esquerda, Vítor.

— Como se chega a tal conclusão por meio de uma mancha de café?

— Se na mancha de café você vê a falta de uma mulher na minha casa, ou na minha vida, esse tipo de observação revela o machismo em você.

Vítor preparava a sua resposta quando chegou Paulo Armando, professor de história, conhecido por seu chapéu Panamá e por sua descrença nas narrativas livrescas sobre a sua disciplina. Era o cara que, numa festa de aniversário, ou numa reunião de professores, encontrava sempre um jeito de dizer que nada havia de comprovado sobre a chegada dos portugueses ao Brasil em 1500: descobrimento ou invasão planejada? Não sabemos, garantia Paulo Armando. Outros chegaram antes de Cabral à costa do que seria o Brasil? Não temos certeza, afirmava o professor. Zumbi tinha escravos? Pouco sabemos sobre Zumbi, salientava Paulo Armando. Talvez zumbi fosse um título, não um nome de pessoa, completava, antes de cravar: também não temos certeza sobre isso. Os indígenas eram indolentes? Depende do que se entende por indolência, dizia. Pelo conceito colonialista e eurocêntrico de indolência, sim ou possivelmente. Tiradentes foi o líder dos inconfidentes? Nada menos certo, informava Armando. Foi só um joguete da elite do movimento? Nada mais redutor, acrescentava. Qual o papel real de Tiradentes na Inconfidência Mineira? Não temos certeza, discursava o historiador, desanimando as suas plateias. D. Pedro I proclamou a independência do Brasil ou só confirmou o que a sua esposa, Dona Leopoldina, informava-lhe por carta? Desdenhar o papel da mulher de Pedro, sustentava, era diminuir a importância das mulheres na história, ou dessa mulher em específico. Fazer do marido, o jovem príncipe regente, um mero executor de uma decisão já tomada era hiperdimensionar, por anacronismo feminista, as possibilidades de uma esposa no Brasil da época e desconhecer a personalidade de Pedro.

Paulo Armando era inesgotável. D. Pedro II e a Princesa Isabel eram abolicionistas? Se eram, zombava, eram abolicionistas sem pressa. O imperador era um humanista? Se era, não via os negros como seres humanos integrais, pois pouco fizera para livrá-los do cativeiro. Deodoro da Fonseca proclamou a república por desejar o fim da monarquia, por ciúme de Gaspar Silveira Martins, que assumiria o cargo de primeiro-ministro, com quem havia disputado o coração de uma mulher e perdido, ou quase por acaso? Essas perguntas nunca teriam respostas, garantia. Não passavam de especulações para vender livros ou animar conversas de bar de intelectual. Getúlio Vargas entregou Olga Benário grávida para morrer na câmara de gás? Não havia câmara de gás na época, observava, mas certamente havia entregado a mulher do comunista Luís Carlos Prestes, depois da intentona de 1935, para que os nazistas fizessem dela o que bem entendessem. Getúlio Vargas foi assassinado? Nada o irritava mais do que essa pergunta. Se foi, quase todos os presidentes brasileiros posteriores a ele também foram: JK, num acidente de carro; Jango, por envenenamento; Tancredo Neves, acometido de uma infecção pouco antes da data da sua posse; e até o ditador Castelo Branco, morto num acidente aéreo. Quem veio primeiro depois de 1964, a tortura pelo regime ou a guerrilha marxista? Paulo Armando oferecia uma temporada de um mês na Ilha do Presídio para quem acertasse. João Goulart pretendia dar um golpe comunista? Ele e o Papa Paulo VI, debochava o colega em meio aos quentes debates do Barca. Por todas essas opiniões, Paulo Armando era unanimidade: um chato.

Esbaforido, tirando o chapéu, Paulo Armando disparou:

— Viram?

— A vitória da mulher?

— Não, Francisco, isso eram favas contadas, o João Farias.

Francisco saiu dali para a sala de aula. Antes, passou no pátio da escola. Ficou alguns minutos observando os alunos como se os visse pela primeira vez. Havia a galera do funk, do rap, do skate, dos games. Meninos e meninas com roupas muito largas ou muito curtas. Só as tatuagens pareciam unir alguns, com a devida autorização dos pais, ou sem eles, numa mesma devoção às imagens. Os corpos nessa época já eram outdoors que deviam mostrar o que ia na alma de cada um. Pelos desenhos coloridos exibidos em braços, pernas e pescoços, vistos nas ruas, as almas naqueles dias belicosos e devotos não eram, por toda parte, muito diferentes ou saíam todas do mesmo catálogo de possibilidades. As camisetas pretas com estampas em letras verdes, vermelhas ou rosas predominavam. Palavras em inglês luziam ao sol da manhã ainda fresca. Desde a morte dos seus pais — a mãe de Alzheimer, o pai depois de um AVC — a escola era a casa de Francisco. Onze anos sem muitos fiapos de afeição ou qualquer amparo familiar.

Restava-lhe um irmão mais novo, Luciano, reacionário até a raiz das mensagens de WhatsApp. Não era alguém com quem valesse a pena passar o Natal ou convidar para comer uma pizza. Já quase não se viam, salvo nos encontros por acaso em estádio de futebol, onde as ideologias se confundem, mesclam ou assumem a mesma fúria contra o inimigo externo, que pode ser o clube do bairro vizinho. O tempo das relações casuais ou mais demoradas com as colegas havia passado sem alarde nem sinal de alerta. A última havia sido Flora, professora de matemática, bonita, mais jovem do que ele, demasiadamente apegada à organização numérica da existência. Contava o número de transas por dia, semana, mês, enfim, e o número de orgasmos. Tinha preferência pelos simultâneos, mais raros e difíceis de ser alcançados.

O que era, afinal, uma escola? Francisco ainda se fazia essa pergunta como se dela dependesse o futuro da humanidade ou, mais modestamente, o da sua vida. Vítor não tinha qualquer dúvida sobre a resposta: um aparelho ideológico de Estado. Na bolsa atravessada no corpo, carregava um antigo livrinho azul com o título em letras vermelhas: *Ideologia e Aparelhos Ideológicos do Estado*, de Louis Althusser. Seria por coisas assim que, embora jovem, todos o chamassem de Velho, ou *Véio*? Vítor, porém, não era tão linear quanto se possa imaginar. Era fã da trilogia *O Senhor dos Anéis*. Paulo Armando respondia à pergunta de Francisco de acordo com o seu método: "Depende da época", dizia. Os últimos anos haviam sido difíceis, com muita pressão externa sobre os conteúdos abordados em sala de aula. A direita disseminava a ideia de que a escola era campo de doutrinação.

Ali, na Escola Paulo Freire, o cotidiano era feito da mesma massa de modelar de toda parte nas grandes cidades brasileiras: gravidez precoce, famílias desestruturadas, feminicídios, pais desempregados, perda de alunos para as drogas, descompasso entre expectativas e realidade, o pacote completo, mas, sobretudo, ou apesar de tudo, muita vontade de viver e de ser feliz. Nada que nas escolas da turma dos camarotes não se conhecesse com outros temperos e marcas. Francisco lembrava do governo de Jair Bolsonaro. Como seria agora com as baterias renovadas, radicalizadas, turbinadas por uma campanha que havia definitivamente rachado o país em torno de laicidade e religião?

Karolaine, conhecida como a "princesa do funk", foi quem o arrancou da reflexão em que se encontrava confortavelmente atolado:

— Aí, tio, admirando a galera, hein!

À noite, no seu apartamento de um quarto, que preferia chamar de *apertamento*, no bairro dos professores, jornalistas e artistas e sem rumo, remoeria as suas preocupações mais lentamente ainda. Pensaria, então, pela primeira vez com surpresa, em João que se tornara Joana. Era mais um *case* da sua teoria da bifurcação. No Barca, havia discorrido tantas vezes sobre essa sua forma de ver o mundo que zombavam dele quando retomava o assunto: "Bifurcou!" – exclamavam como se gritassem gol. A ideia era simples: todo mundo, a partir de certo momento da vida, quer bifurcar, dobrar subitamente à direita ou à esquerda, saltar no escuro, mudar de rumo, reinventar-se, dar o fora, mas só alguns correm o risco. Para os demais, a vida é que decide aleatoriamente por doença, acidente, demissão ou aposentadoria.

Enquanto ele mesmo não bifurcava, mantendo em segredo suas aspirações, dividia-se, em casa, entre séries da Netflix, leituras de novos romances e música no YouTube. Gastava boa parte do seu magro salário em pedidos a serem entregues pelo iFood. Um bujão de gás podia durar seis meses. A sua pequena cozinha era ocupada pelo fogão sem uso e pela geladeira azul na qual só a garrafa de água e algumas latas de cerveja eram constantemente repostas. Formado em Letras e em História, vinha adquirindo hábitos estranhos como o de ler todas as postagens que lhe apareciam no Facebook sobre Odoacro, Tamerlão, escrita suméria, Odorico, Talarico, visigodos, ostrogodos, alamanos, Eleonor de Aquitânia, Aureliano, Asterix, Marco Aurélio, Sócrates, Beatles, Novo Romance, Janis Joplin, cogumelos, Charles de Gaulle, etc. Outra mania sua era a de conferir *playlist* de música erudita. Verificava cada música indicada. Comparava as "quatro estações" de Vivaldi. Preferia a primavera e o outono. Entristecia-se ouvindo as "Bachianas brasileiras", de Villa-Lobos, que via como um lambe-botas de Getúlio Vargas, no Estado Novo, embora não misturasse normalmente arte com política e odiasse os cancelamentos retrospectivos tão na moda por moralismo anacrônico. Alegrava-se um pouco escutando a "Suíte bergamasque", de Claude Debussy, ou os "noturnos" de Chopin. Essa era a sua vida, espaçada a cada dia entre o *Jornal Nacional*, a GloboNews, as redes sociais, onde pouco postava, e a Escola Paulo Freire.

Seres humanos diferenciam-se uns dos outros por categorias simbólicas mínimas mais do que por aspectos físicos ou anatômicos. Vítor olhava televisão para odiar apresentadores e celebridades. Francisco deliciava-se analisando as suas expressões. Em William Bonner, âncora do *Jornal Nacional*, não adivinhava qualquer sentimento, opinião, indignação, nada. Era o "senhor neutralidade". Aplaudia o esforço do marketing da Rede Globo para enegrecer o seu elenco, com duplas de apresentadores negros aos sábados, como Aline Midlej e Heraldo Pereira, que impressionava com sua ótima performance sentado e com sua dureza, quase rigidez, em pé. A televisão, enfim, parecia-lhe um enigma: a leitura das mesmas notícias em pé ou sentado mudava tudo.

É isso? Tudo sobre ele está nessa *minibio*? Não, não, pelo amor de Deus, ainda falta o principal: a sua paixão obsessiva pela literatura do escritor francês Michel Houellebecq. Agora, sim!

A Escola Estadual Paulo Freire ficava num bairro intermediário, nem rico nem muito pobre, habitado por brancos, pretos e pardos, mais pardos do que pretos e brancos. Situava-se a três quarteirões do rio, que podia ser visto, uma nesga, ao menos, do alto do pequeno muro da entrada, ponto de observação disputado pelos alunos e controlado, em geral, pelos mais altos e fortes. Era interessante comparar fotografias de dez anos antes com o perfil do entorno do colégio, o que alguns professores mais antigos, como Francisco, gostavam de fazer, até mesmo com apresentação de slides. Edifícios compactos de vidro escuro e aço subiam aos céus do mercado onde antes havia mato.

Quanto mais para dentro no bairro, mais havia casas baixas, em estilo ligeiramente praiano. Por fim, algumas ruelas prefiguravam o começo de uma discreta favela. Não era raro que alunos, mais meninas do que meninos, chegassem aos prantos na escola, embora esse perfil estivesse em franca alteração. Ou, no meio de uma aula, desatassem a chorar na metade de um trecho de Lima Barreto ou de *O Avesso da pele*. Um dos motivos mais comuns para essas crises repentinas era terem sofrido racismo em passeios ao shopping center. Essas situações, que raramente se convertiam em boletim de ocorrência em delegacia de polícia, costumavam seguir um padrão: ao verem um adolescente preto ou pardo entrar numa loja, os seguranças ficavam, conforme os termos mais utilizados, ligados, antenados, no pé, no bico. O desfecho tendia a ser o mesmo na maioria dos casos: abordagem, estresse, insultos racistas, revistas abusivas, violência simbólica ou mesmo física.

— Nem deu B.O., Sor — era o comentário mais frequente.

— Por que não?

— Minha mãe trabalha ali perto, melhor não se queimar.

Por muito tempo quase não se tinha falado na mídia de questões do dia a dia das escolas. Chegaria a época, porém, em que se instalaria uma guerra pelo controle das bibliografias utilizadas em sala de aula ou disponíveis nas bibliotecas. As grandes editoras conseguiam impor os seus títulos ao governo federal, que comprava grandes quantidades e distribuía pelo país. Viria, contudo, o tempo das denúncias sobre obras supostamente inadequadas para uso com adolescentes. Livros importantes seriam retirados do ambiente escolar. Nessa primeira grande batalha, ainda sob o terceiro governo de Lula, a reação da mídia ajudaria a evitar uma verdadeira queima de livros.

No limite, que o metro dos supostos danos cognitivos seria esticado ao máximo, falava-se até mesmo em dar preferência a José de Alencar em relação ao "amargo ressentimento" de Lima Barreto, escritor negro que abraçou a causa de negritude quando outros passavam longe dela. Escravista convicto, tendo votado contra a Lei do Ventre Livre, Alencar parecia mais saudável aos jovens com suas frases empoadas: "Verdes mares bravios da minha terra natal onde canta a jandaia nas frondes da carnaúba". Isso parecia mais prudente aos zelosos fiscais da vida escolar do que falar em racismo, discriminação, pau e boceta. Como dizem os neutros especialistas em relações internacionais, a "mãe de todas as batalhas" ainda estava por vir. Ela seria devastadora.

Quem passava na frente da Escola Paulo Freire, antes da grande virada, não imaginava as tensões que borbulhavam nos seus dois andares abarrotados de alunos e com déficit de professores. Se raros eram os docentes abertamente de extrema direita, não poucos eram os observadores externos determinados a denunciar a penetração dos grandes inimigos da moral, da família, da religião e dos bons costumes: comunismo e ideologia de gênero, nessa ordem ou na ordem inversa como perigo. Era nesse ambiente que Francisco, Paulo Armando, Vítor e Jocélia, seus colegas, amigos, desafetos ou aliados, tentavam sobreviver. No caso de Francisco, até a aposentadoria, que se aproximava dele como um trem prestes a atropelar um ancião paralisado sobre a linha férrea.

Se Vítor ainda defendia que a arte deve servir para conscientizar e abrir caminho à revolução dos excluídos, que mesmo ele já não falava em proletariado, e Paulo Armando só via em tudo desejo de aparecer e de ser admirado na sociedade dos carentes, Francisco acreditava no poder supremo e necessário da arte para distrair as pessoas. Havia aprendido na faculdade de história que se deve estudar o passado para evitar os mesmos erros no presente e no futuro. A experiência de vida ensinara-lhe, porém, que os seres humanos não só repetem os mesmos erros à exaustão como concebem novos e impressionantes erros com os quais anulam benefícios passados. Então para que continuar pesquisando a história? Para ele, por três razões: gosto pela fofoca, pela erudição e pela vida dos que nos precederam; possibilidade de arranjar um bom emprego numa universidade pública; encontrar assunto para livros capazes de vender bem, parecendo úteis, e distrair os leitores dos seus insolúveis problemas imediatos.

Durante muito tempo havia encontrado no conhecimento da história e da literatura argumentos para impressionar as colegas que mais desejava ou para obter patrocínio para algum projeto sem futuro. Eram estratégias do passado. Restava o uso de tantas leituras para alimentar conversas em consultas médicas ou com novos conhecidos em tardes de chuva. Essa última alternativa casava cada vez menos com aqueles anos ainda bolsonaristas. Com frequência, era interrompido com uma advertência amistosa, em tom, contudo, inapelável, definitivo:

— Você está sendo um tanto professoral.

A Grande Bifurcação civilizacional parecia-lhe anunciada em tom de fanfarra: a Inteligência Artificial substituiria o ser humano em praticamente tudo o que ele havia usado até então para cumprir a penosa tarefa de matar o tempo. Os poemas do GPT, embora medíocres, já eram melhores do que os da maioria dos poetas diletantes. A IA não era mais do que uma forma de roubo ao patrimônio cultural da humanidade. O artista, embora saqueando o patrimônio comum acumulado, ficava na obrigação de apresentar alguma contribuição, uma novidade, uma diferença. A IA sempre se contentaria em ser apenas mais rápida na combinação de dados surrupiados a todos. Quando surgiu a notícia de que robôs podiam fazer trabalhos acadêmicos de conclusão de curso em meia hora, Francisco pressentiu o fim próximo das universidades.

Nas suas aparições cada vez mais raras nos bares noturnos, onde havia passado o melhor dos seus anos de fé na literatura e na arte, aborrecia com o seu pessimismo paradoxal e contundente. Anunciava o fim da mais pretensiosa das figuras humanas: o intelectual. Para algo positivo, provocava, a IA teria servido. Professores, jornalistas e escritores, garantia, estavam com os miseráveis dias contados. Franco, o dono de um dos bares que ainda o atraía, o Aldeia Global, reclamava que ficaria sem seus clientes se tal se concretizasse. Francisco persistia. Tornava-se profeta de um mundo tecnológico total. No entanto, só a arte, o magistério sendo parte dela, surgia-lhe como antídoto contra os crescentes efeitos políticos perversos da religião radicalizada.

— Graças à inteligência artificial, a humanidade vai poder ser naturalmente estúpida sem precisar mais pensar o pouco que era obrigada pela educação e pelos concursos públicos — alfinetava.

Se havia feito letras depois da faculdade de história era por considerar que a narrativa histórica é outra forma de ficção. Nos seus melhores dias de polemista, defendia que historiadores escrevem ficção e escritores dizem a verdade. A solidão em que vivia aperfeiçoava a sua capacidade retórica. Acordava de madrugada em intensos debates consigo mesmo. A noite inundava o quarto com uma camada de opressão invisível e aveludada como o forro de um caixão de defunto. Essa imagem parecia-lhe de mau gosto. Não conseguia, contudo, evitá-la. A única forma de não se assustar com a insônia era continuar argumentando e contra-argumentando até a luz se infiltrar pelas frestas das persianas. Então, esgotado, dormia um pouco mais.

Depois, nem sempre de banho tomado, ia para a escola.

Para Francisco, leitor minucioso de romancistas franceses, todos os livros de Michel Houellebecq saem do primeiro, *Extensão do domínio da luta*, como de uma boneca russa grávida de seres sombrios, brilhantes e com a vida material ganha. A sua tese, jamais escrita, é que Houellebecq, em todos os seus romances, tende a sustentar a ideia básica de que a sexualidade é um sistema de hierarquia social: a humanidade dividida entre aqueles que têm acesso aos corpos desejados e os que sofrem na seca e na miséria sexual. A sua segunda tese era mais engenhosa ou biográfica: Michel Houellebecq vê-se ou age como uma reencarnação literária de Joris-Karl Huysmans, o grande escritor decadentista do século XIX, autor do clássico *Às avessas*. Os protagonistas de Houellebecq seriam, em geral, reelaborações sinuosas do mais famoso personagem de Huysmans: Jean des Esseintes.

As provas estariam ao alcance de todos: em *Submissão*, o narrador é um professor de literatura na Sorbonne, especialista em Huysmans, que defende uma tese de doutorado sobre ele e organiza as obras completas do escritor na prestigiosa coleção *La Pléiade*, ápice de uma carreira literária como escritor ou como crítico. Em *Aniquilar*, o protagonista tem um câncer na mandíbula, doença que atingiu Huysmans. Como Houellebecq, Huysmans era ateu. Funcionário pacato do Ministério do Interior, escreveu seus inquietos livros, migrando do naturalismo para o decadentismo, nessa condição tranquila de empregado numa repartição rotineira. Aposentado, foi em busca de algo mais: a espiritualidade. Converteu-se ao catolicismo. Houellebecq já fez seus protagonistas experimentarem a atmosfera mística de mosteiros.

O interessante em Houellebecq, segundo Francisco, em palestras improvisadas nas mesas de bar, para espanto de clientes menos literários ou mais ruidosos, sob influência da política e do futebol, que se guiam pelos mesmos princípios da adesão fanática, é que, embora descrente, incapaz mesmo de converter-se a qualquer culto, MH parece só ver salvação para a humanidade na religião tomada como organizadora social. Sem os rituais e o enquadramento religioso, nos seus romances e nas suas entrevistas, sente-se que só sobraria uma massa perdida fluindo e refluindo no vazio dos templos do consumo, outra expressão de mau gosto, embora inevitável, os shopping centers, com suas lojas coloridas, suas escadas rolantes e suas praças de alimentação viciantes e perigosas. Conhecido por sua reclusão, timidez e pouca expressão oral, não é difícil pensar que Houellebecq inveja Huysmans por este ter conseguido bifurcar, convertendo-se à religião católica.

Uma terceira tese que ele cultivava sobre Houellebecq dizia respeito à natureza mais profunda dos seus personagens: seriam, antes de tudo, retirantes. Queria dizer com essa palavra que estavam quase sempre dispostos a se retirar da vida, embora permanecendo nela. Era o que acontecia com o protagonista de *Serotonina*, um homem bem-sucedido financeiramente que abandona tudo para viver anônimo, morando num pequeno hotel, em Paris. Possivelmente ele se identificava com essa vontade de largar tudo, de abdicar dos pequenos confortos materiais e sumir no mundo sem nem mesmo ter de viajar, escondendo-se numa dobra da cidade, num bairro qualquer onde não tivesse amigos ou conhecidos, ou seja, longe do seu apartamento e da Escola Paulo Freire.

Às vezes saía a caminhar pelos subúrbios para experimentar essa estranheza que consiste em se sentir esquisito a pouco quilômetros de casa. Então tudo se transformava: as casas ficavam mais tristes, as cores ganhavam outros tons, as nuvens se esfiapavam ainda mais no céu anilado dos dias que tinha coragem de andar a esmo por algumas horas. Podia usar o recurso mais banal que existe: pegar um ônibus, de uma linha jamais utilizada, e descer no ponto final. Às vezes, deparava-se com algum aluno extraviado em lugares muito distantes da Paulo Freire. Desculpava-se dizendo que visitava um parente distante. Ocorria-lhe de entrar numa igreja da periferia para curtir a calma dos templos. Nos últimos tempos, com certa timidez, entrava em igrejas evangélicas.

Depois desses passeios, voltava para casa e ouvia a sonata 14, Op. 27, de Beethoven. Jamais, mesmo ao luar, caminhava com fones nos ouvidos. Preferia estar livre para escutar os sons do cotidiano.

Aos ouvintes mais pacienciosos, exprimia sua tese mais secreta sobre Michel Houellebecq, aquela que chamava de "hipótese Pessoa". Embora não falasse francês, permitia-se explicar que na língua de Houellebecq "*personne*" é pessoa e ninguém. Por essa hipótese radical, o escritor fingia tão bem ser seus personagens que chegava realmente a sê-los, ainda que, pelas suas leituras de biografias, artigos e entrevistas, houvesse muitas diferenças entre criador e criaturas. A bifurcação na vida de Michel Houellebecq havia sido a literatura.

Uma literatura totalmente livre, debochada, incompleta, anárquica, sugeria ele. Michel Houellebecq não estava interessado no chamado projeto literário moderno. Não se preocupava com personagens "redondos" nem com a criação de novas palavras ou com a implosão da frase legível. Em textos límpidos, virava-se com duas ferramentas: a ironia e os assuntos sensíveis aos leitores. Alguns dos seus personagens são fumaça, efêmeros, simples escadas para algo importante ou para a narração da história do protagonista. Enfim, Michel Houellebecq seria sempre mais escritor na medida em que se afasta das leis da escrita e principalmente dos dogmas das oficinas literárias.

Ninguém, nem mesmo Francisco, poderia prever a velocidade que as coisas tomariam nos meses seguintes. A Escola Paulo Freire logo seria rebatizada. Passaria a ser chamada de Escola Pastor Sálvio Malaparte, do nome do pastor então titular do Ministério da Educação e da Fé, criador de uma marca de ascensão meteórica, a Igreja de Elevação em Vida. A grande reforma educacional obedeceria a dois modelos: escolas cívico-militares, subordinadas ao Ministério da Defesa, e escolas evangelizadoras. Com os governos estaduais alinhados ao governo federal, salvo em dois Estados nordestinos resistentes, ou renitentes, as transformações ganhavam ritmo de mutações genéticas irresistíveis. A ordem era desinfetar, despachando os vermelhos e os ímpios.

A primeira grande medida foi a extinção das eleições para diretores de escola. Esses cargos, considerados decisivos para a grande bifurcação saneadora, passaram a ser indicados de cima. A Paulo Freire, ou seja, a Sálvio Malaparte, ganharia uma nova direção. A chegada do novo chefe, com plenos poderes, atropelaria a vida de alguns professores, em especial, por razões diferentes, as vidas de Vítor Soares, Paulo Armando, Jocélia, Francisco e Joana Farias.

Francisco guardava bem viva na sua memória avariada uma conversa que tivera meses antes, quando ainda havia esperança ou alguma ilusão, com Vítor, Paulo Armando e Jocélia nas mesas do Barca. Jocélia lecionava geografia. Não era concursada. Dependia de um contrato emergencial que se eternizava. Às vezes, para se segurar, dava aula de química ou de projeto de vida. Como se sabe, a química pode ser apenas uma questão de lugar na tabela periódica, o que tem tudo a ver com geografia e projeto de vida, pois se trata de questão de posicionamento, valência e qualidades particulares. Entre eles, os quatro indomáveis, a única disciplina impossível era o inglês, por falta de expertise, *of course*, matéria que vinha, de todo modo, sendo acumulada com boa performance pelo professor de educação física.

A conversa abordava a mais velha das questões tratadas pelos chamados intérpretes do Brasil: por que os Estados Unidos largaram atrás, com a chegada dos ingleses somente no século XVII, e chegaram na frente? Essa é uma versão da pergunta mais direta: por que o Brasil não deu certo? Ou não dá certo? Paulo Armando tentou driblar o foco com uma evasiva típica da sua metodologia: "Depende do que é dar ou não dar certo". Jocélia, cujos olhos negros exibiam uma fúria acalmada pelos anos e pelas turmas mais punks, reagira com violência:

— Me faz um favor, Paulinho?

— Claro, gata, manda.

— Vai tomar no cu. Os Estados Unidos têm mais de quatrocentos prêmios Nobel. O Brasil tem quantos? Vai, procura logo no Google.

Vítor saiu em defesa do colega, com o qual, entretanto, tinha mais divergências do que convergências, e desfiou a sua teoria:

— Nobel é tudo falcatrua. Os países ricos se dão os prêmios para impressionar e pressionar as suas colônias. Quem vocês acham que financia todo o circo do Nobel? Não me digam que acreditam ainda no legado de Alfred Nobel ou que a Suécia cobre o que falta? Isso é conto de fadas. Quem banca a festa é o velho Tio Sam. Pronto, falei.

Magnânima, Jocélia pediu o mesmo favor a Vítor. Francisco viu-se na condição de mediador. Arriscou uma velha hipótese: os ingleses haviam encontrado um clima mais favorável nos Estados Unidos, com o qual estavam acostumados, do que os portugueses na dureza dos trópicos. Acrescentou que em 1800 os Estados Unidos já tinham uma taxa de alfabetização da população livre de 70%, enquanto a do Brasil seria de 2%. Mexeu com os domínios de Paulo Armando, que se viu obrigado a engolir um grande copo de cerveja de uma tacada só e a argumentar. Nada podia ser mais longo e detalhado. Toda interrupção seria repelida com grunhidos, latidos ou ruídos humanos equivalentes.

Longa foi a aula. Paulo Armando comprovou ser um seguidor de Max Weber e do seu livro *A ética protestante e o espírito do capitalismo*, mas pelo viés de um brasileiro, Vianna Moog, autor de *Bandeirantes e pioneiros*. Para Moog, os colonizadores americanos eram pioneiros que buscavam se assentar e viver para sempre no Novo Mundo, enquanto os portugueses eram bandeirantes, saqueadores determinados a ganhar o máximo no menor tempo possível, apresando indígenas, procurando ouro e não mostrando o menor senso de pertencimento à terra conquistada. Nos Estados Unidos, teria predominado o espírito de colonização. No Brasil, a vontade de conquista. O principal, porém, a aula já durava mais de meia hora, era a diferença de espírito religioso. O núcleo duro da colonização americana teria sido o calvinismo, enquanto o Brasil era obra de católicos avessos aos pontos determinantes do capitalismo. Paulo Armando fez um enorme parêntese para explicar que o calvinismo se baseia no Antigo Testamento, não no Novo Testamento, muito mais próximo do imaginário judeu do que do católico, aberto ao lucro, aos juros, à acumulação de riqueza, à prosperidade.

Depois de ensinar, pois o tom professoral só crescia ao longo do discurso, que a escravidão foi obra do capitalismo comercial, com ações em bolsa de valores, deteve-se num aspecto teológico: os calvinistas creem na predestinação. Deus escolhe os que se salvarão. Ninguém pode se salvar comprando indulgências ou trabalhando muito para isso. A prosperidade, contudo, seria um sinal da escolha de Deus.

— Eu sempre imaginei o contrário — confessou Francisco.

— O marxismo passa por cima dessas explicações culturalistas — protestou Vítor. — Essa conversa weberiana é pra boi dormir.

— Faz sentido — disse Jocélia. — Talvez a onda neopentecostal seja uma adaptação desse espírito calvinista aos novos tempos. As pessoas querem prosperar, não se contentam mais em padecer na Terra à espera do paraíso celestial. Daí se explica a aproximação com Israel e a confusão que alguns fazem achando que Israel é um país cristão.

— Calvino inspirou os presbiterianos — informou Paulo Armando.

— Não dá tudo no mesmo, todos evangélicos? — questionou Vítor.

— Nem todos os evangélicos no poder são neopentecostais — alertou Paulo Armando. — Acho que a maioria não é. Há batistas, pentecostais tradicionais, gente de todo tipo de culto e igreja. Os neopentecostais têm mais a ver com a teologia da prosperidade, os cultos com programa de televisão. A primeira-ministra é batista. A presidente é da igreja Batista Atitude. Os fiéis do neopentecostalismo são em maioria pretos e pardos, pobres, pessoas que dão duro no dia a dia, enfim, enfim...

— É a Teologia do Domínio — balbuciou Vítor.

— Embolar vida pública e privada, política e religião — disse Armando.

Francisco ouvia. Parecia ausente. Algo o incomodava numa camada superior ou inferior a tudo o que estava sendo dito naquele momento.

— Vai dar merda — exclamou subitamente com sabedoria.

— Os nossos alunos são evangélicos — disse Vítor.

— Evangélicos do funk e do rap — acrescentou Jocélia.

— Para eles não são coisas incompatíveis — reagiu Vítor.

— Sei não. Talvez os pais sejam evangélicos. Acho que eles são é da pá virada — insistiu Jocélia. — Não os vejo orando nem temendo a Deus.

— Há muito preconceito com os evangélicos — observou Paulo Armando.

— Sim, isso também é verdade — concedeu a colega. — Temos de respeitar as escolhas religiosas de uma enorme parte da população brasileira.

— Em breve, eles serão maioria, vão ultrapassar os católicos na volta da esquina, fácil, fácil — considerou Vítor, com ar alarmado.

Houve um momento de silêncio. O Barca era deles. Um pássaro cantou. Paulo Armando voltou a falar sobre o espírito do capitalismo. A segunda parte da aula prometia ser mais longa do que a primeira.

— Bateu — gritou Jocélia.

— É, tocou — insistiu Vítor.

Era como se falava quando a campainha anunciava o fim de uma aula. Como quando eram crianças eles não diziam intervalo, mas recreio. Francisco meio que despertou de sua profunda letargia:

— Acabou o recreio — disse em tom profético.

Paulo Armando ainda estava na chegada dos *quakers* aos Estados Unidos. A colônia da Pensilvânia era um dos seus assuntos preferidos.

Joana Farias continuava em licença para tratamento de interesse. Francisco seguiu com Jocélia até a sala dos professores. De repente, começou a pensar no tempo em que dormiam juntos. Ela trepava bem, não fazia exigências quantitativas nem era ciumenta. Haviam passado boas temporadas juntos, inclusive na praia, interrompidas por intervalos de descanso ou de incursões por outros corpos. Era uma relação intermitente, contrato flexível, sem cláusulas pétreas nem metas a cumprir. Não garantia nem mesmo uma união estável, embora não houvesse instabilidade entre eles. Ela gostava de sexo anal, que via como uma conquista do feminismo. Ele não encontrava qualquer objeção a fazer. Leitor de Simone de Beauvoir e de Judith Butler, as suas esquálidas relações domésticas de celibatário contumaz, ou solteirão empedernido, com a terceira geração de feminismo haviam sido pacificadas na época em que decidira tomar a iniciativa de sempre lavar a louça. Se ironizava para aliviar as tensões, sabia que teria de trabalhar muito para se reconstruir como homem. Não raro, era tóxico, o que atribuía, com senso de humor nem sempre percebido, às altas taxas de ferritina. Oscilava, nesse quesito, entre 890 e 980, o que era alto demais.

Por que haviam parado de se encontrar? Não havia luta de classes entre eles, pois ambos pertenciam a uma classe extinta, o lumpesinato, e se alguma vez discutiram por causa do patriarcado, a disputa não foi longe. Afinal, não se dedicavam a qualquer atividade doméstica comum. Antes da entrada do iFood e do Uber na sua vida, ele fazia tudo pelo telefone fixo. Quando não comia no refeitório da escola, pedia algo por telefone e esperava ouvindo Mozart ou Paulinho da Viola. A sua palheta de escolha era de uma variedade assombrosa: pizza portuguesa ou calabresa. A atendente costumava acertar uma vez em duas:

— Já sei o que vai ser hoje — exultava — calabresa.

Conforme o seu estado de espírito, ele confirmava ou negava. A tecnologia tomaria dos homens solitários essa última compensação. Com o fim das caixas de supermercado, só lhes restaria conversar com robôs de voz suavemente metálica. Isso, porém, seria para mais tarde. Na verdade, seria atingido por três mutações importantes: os aplicativos, os sites de serviço e o fim da pequena herança deixada pelos pais.

Jocélia percebeu o seu olhar curioso, um jeito de olhar que ele parecia ter perdido para sempre e, quase constrangida, perguntou:

— Que foi?

— Nada, não, um fantasma.

Uma vez, duas, quando trepavam com frequência, ele havia falado em filhos. Ela respondera distraída brincando com uma camisinha:

— Daí talvez você tenha de encontrar uma mulher e se casar.

O sexo entre eles era parte das lembranças de um tempo distante. Havia um gatilho, do tipo *madeleine* de Proust, que, por alguns anos, acendia nele a memória do corpo da colega: um baseado bem fechado. A maconha também já era parte de uma época revoluta. Agora, comia abacate para tentar controlar o colesterol. A vida bifurcara do mousse de maracujá ao abacate, do sal grosso à carne sem sal, de Brahms a solos de clarineta. Por curiosidade, interessava-se por tudo e assim tinha, no YouTube, escutado e visto Anitta e Luísa Sonza. Achava-se profundamente machista por pensar que elas trapaceavam mostrando a bunda na hora de cantar. Jocélia recusava-se a abordar esse tipo de assunto. Olhou disfarçadamente para a colega e teve um leve despertar de sua memória mais profunda, como se lembrasse de repente de onde havia deixado algo importante numa tarde de verão muito antiga.

As chaves do carro.

Sim, ele também tinha o seu lado escroto.

Jocélia possuía um senso de humor invejavelmente estranho, variando entre o popular e o sofisticado. Uma vez, quando já estavam na fase descendente do interesse sexual mútuo, ela havia recorrido a uma imagem um tanto áspera para expressar o que sentia:

— Homem é que nem pneu.

— De que jeito?

— Quando não serve mais pra rodar, tem de trocar.

Mesmo se a calvície não estava entre os seus problemas, que não eram poucos nem passíveis de solução, ele podia metaforicamente ser considerado um pneu careca. Aproximava-se da idade, ou antecipava-se a ela, em que todos os medicamentos indicados seguem a mesma prescrição:

— Até quando, doutor?

— Todo dia.

— Por quanto tempo, doutor?

— Para sempre.

Na sala dos professores falava-se de inteligência artificial. Tudo era bom para evitar o medo que se aproximava: a chegada do novo diretor. Manifestações estavam fora de cogitação. Fora aprovada a toque de tambor no Congresso Nacional uma lei que permitia exonerar funcionários envolvidos em protestos contra as "medidas saneadoras". Francisco tinha horror aos discursos publicitários sobre as vantagens das novas tecnologias. A culpa dos empregos perdidos acabava sempre recaindo sobre os excluídos, acusados de falta de qualificação. No Facebook havia lido um textão sobre a era do "*life long learning*", que tivera de pesquisar no

Google para saber o significado: educação continuada. Por que era necessário dizer educação continuada em inglês? Por que era necessário dizer quase tudo em inglês?

— *Fuck you*! — soltou.

Houve um sobressalto entre os colegas. No ritmo das coisas, a educação seria continuada longe das escolas, em duas modalidades: educação a distância e, outro termo idiota em inglês, *homeschooling*. A escola era o novo câncer da sociedade, atacada de todos os lados, ofendida, humilhada, desprezada. Melhor manter as crianças longe dela. Professores eram terríveis darwinistas. Proteger a infância significava ensinar às crianças que Deus criou o mundo em seis dias e descansou no sétimo. Os alunos da Paulo Freire eram cínicos precoces:

— Meu pai, quando tem trabalho, não tem folga no domingo — diziam.

Parece que a extrema direita finalmente estava de acordo com as ideias de Vítor: a escola era apenas um aparelho ideológico de Estado.

— Fica quieto — disse-lhe Jocélia.

— Como?

— Cala a boca, Francisco.

— Como assim?

— Por que essa pressa em se matar?

Então, como fazia frequentemente, ele se lembrou de alguns versos de Vinicius de Moraes, resta "essa coragem para comprometer-se sem necessidade" e "essa busca de equilíbrio no fio da navalha", "essa terrível coragem diante do grande medo, e esse medo infantil de ter pequenas coragens". A voz saiu-lhe mais grave:

— Porque agora, como nunca antes, vai ser necessário se expor.

— Você precisa ser o primeiro?

— Ninguém vai escolher a sua hora.

A literatura de Michel Houellebecq tem um caráter provocativo. Era outra tese de Francisco. A provocação faz aparecer a vocação das coisas. Era a sua interpretação das leituras de um texto famoso do filósofo alemão Martin Heidegger, pensador de frases herméticas, muitos hifens cortando palavras e lamentável comprometimento com o nazismo como reitor de universidade. Em sendo verdade, qual seria a vocação, a verdade profunda, a essência mesmo das coisas no Brasil daqueles dias de triunfo do bolsonarismo? Para melhor explicitar o seu ponto de vista, Francisco alugava o seu público, em troca de cervejas estupidamente geladas, conforme a fórmula usual, com uma exposição detalhada sobre *Extensão do domínio da luta*, cujo título mais preciso, segundo Vítor, em português e de acordo com a teoria marxista que parece emular, deveria ser *Ampliação do campo de luta*. No Aldeia Global Chico repetiu sua conferência num sábado à tarde, quando todos ainda procuravam assimilar a nova realidade dos diretores de escola nomeados de cima e esperavam a chegada de alguém para comandar a perplexa Escola Estadual Pastor Sálvio Malaparte.

— *Extensão* começa com um *strip-tease* — diz Francisco. — Um *strip* que ninguém quer ver. A mulher indesejável tira a roupa diante de espectadores indiferentes. O que se vê? Uma exposição decadente, um corpo que não atende aos parâmetros do mercado da beleza e aos valores introjetados pelos homens sob influência da publicidade. A mulher se expõe e se ridiculariza em menos de duas páginas. É uma cena cruel, abjeta, machista, uma cena feita sob medida para provocar o leitor médio. O que ela traz à luz? Que vocação ela revela? O que ela desvela? A vocação do capitalismo de consumo para transformar tudo em mercadoria. Ao longo do livro se vê que o campo da luta foi ampliado para o terreno sexual. Para ter acesso ao corpo padrão é preciso ser bonito, rico ou jovem. De preferência, os três ao mesmo tempo. É a interseccionalidade da estética neoliberal. O pior que pode acontecer a alguém nesse cenário de distopia é ser feio, velho e pobre.

— E professor — emendou Flora, com seu humor matemático.

— A guria tira a camiseta, o sutiã, a saia. Fica rodopiando só de calcinha diante de uma plateia brutal. Ela é apresentada como uma imbecil que não transa com ninguém. O narrador e protagonista está no seu quarto copo de vodca. Ao final do pequeno capítulo de abertura ele vai despertar e perceber que vomitou no carpete da sala do anfitrião. Só vai lhe restar esconder a nojeira embaixo de algumas almofadas.

— Para que ler uma merda dessas? — interrompeu Flora.

— Essa é a questão. Ou, melhor, a pergunta é: por que escrever uma coisa dessas? Michel Houellebecq não escreve para agradar, mas agrada. Agrada na medida em que desagrada, em que tem a coragem de desagradar por necessidade. A sua arte consiste em enfiar o dedo na ferida até fazer saltar pus, sangue, merda, o que for, o que a sociedade secreta. A vocação da sua literatura é dizer o que queremos esconder.

— Esses franceses são uns chatos.

Era o professor de inglês e educação física quem falava, com seu tom cadenciado, como se estivesse comandando um exercício. Francisco resolveu fingir que não tinha ouvido. Era algo que praticava com frequência. Só ouvia o que valesse a pena escutar. Queria chegar ao ponto que considerava fundamental: como o Brasil seria afetado por uma ampliação do campo da luta nos próximos meses. Ramos, entretanto, era do tipo que não se constrange em se repetir até ser respondido.

— Estou dizendo que esses franceses são uns chatos.

— Certo, certo — concedeu Francisco.

— Certo, certo, não. Você não aceita críticas aos seus ídolos.

— Ninguém aceita. A crítica é sempre genial do ponto de vista do crítico e medíocre do ângulo do criticado, não é mesmo?

— Bravo! Lacrou! Uma formulazinha para a posteridade.

Ramos era louco por Flora, que parecia desconhecer a sua existência. Enfim, essas coisas que acontecem nas melhores escolas.

— Já sabemos a sua opinião, Ramos — ela disse. — Bola pra frente.

— *Extensão* poderia ter sido escrito por Huysmans se ele fosse um autor do final do século XX, pois o essencial está nisto: é um livro de final de século, escrito por um autor final de século. Mesmo nos seus romances do começo do século XXI, Michel Houellebecq permanece fiel ao seu imaginário final de século. Sobre o que, de fato, ele escreve? Sobre a decadência da sociedade de consumo no seu apogeu mesmo.

— O Brasil ainda nem chegou lá — objetou Vítor.

— Sim e não, talvez — precisou Paulo Armando.

— O Brasil vai ser sacudido por um novo terremoto — profetizou Francisco, com uma voz que parecia não lhe pertencer de tão sombria.

— O que vai acontecer? — Jocélia falou por todos.

— O campo da luta será ampliado para os livros.

— Como assim?

— A mãe de todas as batalhas será disputada em torno dos livros.

— Do que a gente vai poder ler? — questionou Jocélia.

— Do que a gente vai poder ensinar.

— Ora, já é assim — quase gritou Vítor.

— Agora será definitivo. Não vai sobrar qualquer brecha.

— De que jeito? — era a voz de Flora, quase sussurrando.

— Nenhum livro poderá ser adotado sem ter o aval de uma comissão de leitura que será composta por representantes das principais igrejas evangélicas.

— Isso é inconstitucional — afirmou Vítor.

— A Constituição será retalhada em pouco tempo — disse Francisco.

Jean des Esseintes, o protagonista de *Às avessas*, de Huysmans, que Francisco relia para entender melhor Michel Houellebecq, era um dândi, um cara esquisito, extravagante, originário de uma família rica, doente ou hipocondríaco, que é a suprema forma da doença. Tudo que ele buscava na vida era se isolar num mundo esteticamente a seu gosto. Francisco adorava Houellebecq e seus anti-heróis, mas não simpatizava com Jean des Esseintes, que lhe parecia insuportavelmente afetado. Gostando ou não, via nele a fonte dos retirantes do seu escritor predileto. Talvez também ele, Francisco, quisesse se retirar. Para onde? Que buraco no mundo poderia lhe servir de refúgio e de lar?

Francisco havia entrado tarde no magistério, quando suas ilusões de enriquecimento haviam se esfumaçado de vez. Dessa época, da qual falava pouco ou com ironia condescendente, guardava alguns cacoetes, como dizer de um vinho que exalava notas defumadas com ligeiro gosto de chocolate amargo. Não era muito. Na sua idade, quase todos os seus colegas já estavam aposentados. De toda maneira, a aposentadoria não era o sonho da sua vida. O problema, entretanto, é que se antes ela parecia próxima, embora assustadora, agora se tornara distante e talvez inalcançável. Francisco era o tipo de pessoa que diz "agora falando sério" para se aprofundar em assuntos dos quais se ocupava seriamente o tempo todo. A religião era um desses temas delicados.

Para que serve a religião? Eis a questão que Francisco virava e revirava nas suas caminhadas à beira do rio depois da saída da escola. Para que ainda serve a religião? Era a pergunta que fazia aos colegas mais próximos. Por fim, o questionamento havia ganhado um tom mais urgente: para onde a religião vai nos levar? Em *Plataforma*, a religião levava o mundo criado por Houellebecq a um terrível atentado terrorista. Por muito tempo, Francisco vira essas fabulações como distantes da realidade brasileira, fantasmas de muçulmanos e seus inimigos. A religião não se apresentava como um problema brasileiro.

A situação não podia mais ser apresentada dessa maneira tão cândida. Francisco não temia atentados terroristas de natureza religiosa no Brasil. O furo, como ainda se dizia, apesar do evidente machismo da expressão, era mais embaixo: a religião tomava as rédeas políticas do país. A separação entre Estado e Igreja, conquista da República e da Constituição de 1891, corria risco. Já se falava abertamente em mudar a Carta de 1988 para incluir nela a filiação religiosa da nova república brasileira: uma república evangélica.

Cristão não praticante, com simpatia pelos rituais e crenças afro-brasileiros, Francisco não conseguia imaginar uma sociedade democrática regida por princípios religiosos. Ao mesmo tempo, nunca fora capaz de acreditar numa estrutura social estável sem religião organizada. Nesse sentido, concordava com Michel Houellebecq: a religião é fator de equilíbrio e ordenamento social. Não se tratava para ele de ressuscitar um Deus morto por Nietzsche ou qualquer outro, pois, no seu entender, essas vozes jamais haviam sido escutadas pelo povo. O esquematismo da sua análise não o constrangia: os ricos precisam de Deus por necessidade de transcendência (hipótese metafísica); os pobres, por necessidade de amparo (hipótese material).

Enquanto caminhava, medindo seus passos com um aplicativo que o iludia, dando-lhe quase quatro quilômetros por três mil passos, Francisco contemplava o horizonte como se esperasse dos céus ou da metáfora uma garantia de que nada aconteceria de mal aos brasileiros. O atentado, contudo, já acontecera. Fosse um escritor, faria como Houellebecq, salpicaria a narrativa com dados da sua biografia para enganar os leitores, especialmente os mais próximos, fazendo-os pensar que o protagonista era seu *alter ego*. Escritor ele nunca seria. Já lhe bastava a condição de professor numa descida aos infernos, palavra que não deveria mais ser usada no recinto escolar. Sabia, ou sentia, que estavam a poucos passos de outra imagem desgastada: a travessia do deserto. Havia sido chamado para uma reunião com a nova direção.

Primeira surpresa. Era um diretor realmente: Wellington Paulo Ramos da Silva. Um pastor. Em princípio, o diretor queria conversar sozinho com cada um dos professores da Escola Pastor Sálvio Malaparte, inclusive com Joana Farias, cuja licença de interesse expiraria em alguns dias. Francisco nunca havia encontrado a colega depois da sua transição. Nem sequer fora ver sua nova imagem no Instagram. Não queria se sentir como um espião ou um *voyeur*. Deixava o tempo passar. O tempo passava.

A tarde caía sobre o rio com uma fulgurância alaranjada deslumbrante. Havia naquela festa de cores algo de uma visão lisérgica. Na juventude, Francisco havia experimentado LSD. Era comum. Anos mais tarde, havia sofrido com as sensações desagradáveis de uma *bad trip*. Concursado para lecionar, nunca mais havia feito uso de substâncias alucinógenas. Temia que esses fiapos do seu passado fossem desenterrados e pudessem prejudicá-lo na reta final da sua carreira.

Ao atravessar a rua para alcançar o seu carro, um desgastado Corsinha prata, viu Karolaine, que lhe acenava timidamente. Era uma linda menina negra de 17 anos, com um delicado *piercing* no nariz. Ela aprendia tatuagem, desafiando um ambiente ainda machista, num projeto comunitário que elevava a autoestima adornando a galera para desgosto dos ultraconservadores, que não queriam adolescentes "adesivados".

— O bicho tá pegando, Sor. Se cuida — foi tudo o que ela lhe disse.

— Valeu, guria!

Um incidente desagradável estragou definitivamente a noite de Francisco ao voltar da sua caminhada à beira do rio. Ele havia encomendado sushi pelo iFood. A espera havia sido maior do que o normal. Apesar de considerar sushi um tanto superestimado, assim como o futebol de Neymar, jogador bolsonarista no qual uma geração havia apostado todas as suas fichas e esperanças, ele não se impedia de fazer, ao menos, um pedido mensal do prato mais em moda naquele tempo. Aguardara ouvindo Chico Buarque. "Apesar de você" podia ser considerada a trilha sonora da sua vida, aquela que ouvia quando se sentia com raiva e vontade de lutar. Não conseguia se lembrar de qualquer coisa do seu passado sem um fundo musical. Alguém tinha lhe recomendado uma série da Netflix, "Quando os lobos morrem", que pretendia ver depois do seu jantar solitário de professor acossado pelas novas diretrizes curriculares da educação nacional.

Queria esquecer as conversas dos últimos dias. Folheara distraído algumas páginas de *Partículas elementares*, livro de Houellebecq pelo qual tinha grande admiração, embora os últimos, de *Submissão* a *Aniquilar*, lhe parecessem mais humanos, mais pessoais, especialmente o último, quase esperançoso. Não conseguia se concentrar. O *apertamento* pareceu-lhe enorme e cheio de sombras. Leu as primeiras frases em voz alta, como se recitasse para um público invisível: "Este livro é, antes de tudo, a história de um homem que viveu a maior parte da sua vida, durante a segunda metade do século XX, na Europa ocidental. Geralmente só, esteve, entretanto, de longe em longe, em relação com outros homens. Viveu em tempos infelizes e conturbados". Quase o mesmo se podia dizer dele mesmo, salvo que era um homem, em parte, do século XXI e latino-americano. Cada vez mais sozinho, estava vivendo em tempos infelizes e conturbados.

Pressentia que era só o começo. Uma espécie de *insight* formou-se na sua mente ao fechar o livro de Houellebecq: a velhice era se tornar invisível. Não que esse fosse o tema do romance. Em todo caso, a solidão era o principal assunto do seu romancista de estimação. Envelhecer: tornar-se lentamente invisível. Um pouco mais a cada dia. Surpreendia-se que Karolaine o visse. Lembrava-se do tempo em que amigos telefonavam para convidá-lo a fazer coisas de todo tipo, viajar, fazer trilhas, ir a jogos de futebol, shows, feijoadas. Não sabia quando havia começado a se apagar. Muito menos quando deixara de ser cumprimentado na rua por conhecidos de suas tantas atividades. Percebeu que sumia a cada dia como uma vela que bruxuleia.

Pensou no que seria da sua velhice, sem parentes, sem dinheiro, com raros amigos, todos tão fodidos quanto ele, sem amor, sem um lugar para retornar, sem qualquer ilusão, sem a Paulo Freire, sem porra alguma, sem família. Ao pronunciar essa palavra para si mesmo se deu conta do quanto uma família, da qual se desprendera havia tanto tempo e contra qual – contra o conceito, ao menos – podia discursar por horas, lhe fazia falta. Procurar o seu irmão bolsonarista empoderado com a nova república não lhe parecia uma alternativa razoável. Já nem tinha o seu contato. Sabia que podia encontrá-lo no ecossistema natural da sua espécie: as redes sociais, o Facebook. Numa crise de autocomiseração, viu-se sumindo numa perspectiva infinita, abaixo de um céu salpicado de pontos avermelhados. A sua família, disse para se levantar o moral, ainda era a Paulo Freire, mesmo com o nome de Sálvio Malaparte, e só lhe cabia lutar até desaparecer no horizonte.

Quando o sushi chegou ele já havia derrubado uma garrafa de vinho branco. A fome era enorme. Devorou o quinhão que a vida de professor ainda lhe oferecia, de tempos em tempos, sem a menor consideração pelos bons modos. A solidão não respeitava nem exigia qualquer etiqueta. Quem pedia isso era a sua falecida mãe. Então um pequeno grão, quase um farelo, alojou-se na sua garganta e ali ficou numa imobilidade angustiante. Pensou inicialmente que se tratasse de um erro básico da abertura da epiglote. Em lugar de seguir para o esôfago, o farelo teria tomado o caminho das vias aéreas. Ficou por longos minutos tentando expelir a coisa com grandes tossidas. A vizinha do andar abaixo do seu chegou a bater com o cabo da vassoura no teto do seu apartamento exigindo silêncio ou, talvez, compostura. Era reacionária de pendurar a bandeira do Brasil na janela. Temeu morrer engasgado. Buscou na internet um tutorial. Queria se autoaplicar a manobra de Heimlich. Não rolou. Sentou-se e ficou ouvindo Chopin por um bom tempo. Saber que respirava pelo nariz e que podia falar o impediu de ir a um hospital ou de pedir socorro.

Nada o aborrecia mais do que pagar mico. Era a palavra que usava para descrever os tantos momentos de vexame que a sua precipitação lhe proporcionara na vida. Além de tudo, frequentar emergências de hospital fazia pensar na passagem da invisibilidade da condição de idoso à solidão eterna da morte. Deitou-se na esperança irracional de que a posição, o relaxamento e o sono, se conseguisse dormir, o livrariam daquele incômodo. Amanheceu com a garganta desobstruída, porém dilacerada, machucada, como uma parede que tivesse sido forçada a golpes de marreta. Levou três dias para sentir a garganta finalmente em estado de normalidade. Agradeceu aos céus por poder engolir bem.

Notícias desencontradas começaram a circular em grupos de WhatsApp e Telegram. O novo diretor chegaria numa quinta-feira e passaria o dia conversando separadamente com os professores, sobre os quais já teria dossiês completos. A chegada seria antecipada para a quarta e o diretor faria imediatamente uma reunião com todo o corpo docente para o anúncio das "medidas saneadoras". Uma lista de livros a retirar da biblioteca escolar teria sido enviada antecipadamente pela Secretaria da Educação. Nela constavam dez obras de épocas e estilos diferentes: *O vermelho e o negro*, de Stendhal; *Madame Bovary*, de Gustave Flaubert; *Anarquistas, graças a Deus*, de Zélia Gattai; *Capitães da areia*, de Jorge Amado; *O avesso da pele*, de Jeferson Tenório; *Os supridores*, de José Falero; *Recordações do escrivão Isaías Caminha* e *Triste fim de Policarpo Quaresma*, de Lima Barreto; *Dom Casmurro*, de Machado de Assis; *Leite derramado*, de Chico Buarque.

As justificativas, embora redundantes, seriam dadas ao longo dos dias seguintes. *O vermelho e o negro*, como o próprio título indicaria, por ser um livro de doutrinação comunista aos pretos, não poderia ficar na biblioteca de uma escola sem partido. *Madame Bovary* atentava contra a moral e os bons costumes fazendo apologia do adultério, o que teria sido objeto de processo na justiça em 1857. As memórias de Zélia Gattai cometiam o pecado de fazer crer que Deus poderia abençoar o anarquismo. Jorge Amado, além de amigo da União Soviética, fazia em *Capitães da areia* uma naturalização do estupro. Os romances contemporâneos *O avesso da pele* e *Os supridores* chafurdavam em expressões de baixo calão e estimulavam os ressentimentos dos negros em relação aos brancos. *Recordações do escrivão Isaías Caminha* e *Triste fim de Policarpo Quaresma* zombavam da cultura brasileira genuína e também exploravam uma separação injustificada entre ricos e pobres, pretos e brancos, como se estes últimos tivessem alguma culpa pelas infelicidades dos outros. *Dom Casmurro* seria obsceno, fazendo da *cornice* um tema nacional ou uma marca indelével. Chico Buarque, enfim, era comunista e seu livro um libelo contra a família tradicional. A nova pedagogia rejeitava os cancelamentos em massa das redes sociais. Praticaria, contudo, "cancelamentos do bem".

Claro que essas explicações não apareciam por escrito. Mas, coincidência ou não, repetiam-se em diferentes relatos. A guerra de narrativas, aliás, atingiria o seu ponto máximo, deixando dezenas de vítimas pelo caminho em cada escola. Francisco estranhou não haver qualquer menção aos livros niilistas de Michel Houellebecq, que ele mesmo se encarregara, com o próprio dinheiro, de doar à Biblioteca Escolar Dyonélio Machado, nome que também não se manteria por ser o de um notório escritor comunista, pessimista e ateu, enfim, como todo comunista, na visão oficial em disseminação, otimista em relação ao futuro, pessimista quanto ao presente, revisionista em relação ao passado. A nova biblioteca, embora possa parecer inverossímil ao leitor mais politizado ou bem-informado, foi batizada em homenagem a um jovem deputado acusado de transfobia, defensor da desideologização das escolas. Neutralidade seria a palavra dominante nessa nova era.

Por essa época, Francisco passou a falar mais demoradamente sobre a sua teoria da "grande bifurcação". Via por toda parte os indícios de uma grande guinada, aquela que não permitiria qualquer marcha a ré. Um sinal evidente dessa mutação era o crescimento do tamanho das saias pregueadas das mulheres nas ruas. Elas haviam aumentado ao menos de um palmo, situando-se, na parte inferior, na altura dos joelhos ou mesmo bem abaixo deles. As minissaias, por seu turno, eram cada vez mais raras, combatidas estranhamente por dois campos opostos, o religioso de direita e o feminismo de esquerda, que via nelas um resquício dos anos 1960, particularmente de maio de 1968, quando, sob a aparência de liberação da mulher, o corpo feminino seria tratado como objeto explícito, mercadoria erótica, o que seria cobrado mais tarde, quando os grandes cancelamentos, por exemplo, no cinema, entrassem em cena. Passaria para a história o caso da atriz francesa Judith Godrèche, que acusaria o ex-marido, vinte e cinco anos mais velho do que ela, o cineasta Benoît Jacquot, de assédio sexual, sadismo e estupro, quando ela tinha apenas 15 anos de idade, e com quem ela viveria por seis anos, aguentando os seus socos, preferências sexuais esquisitas, como sexo obrigatório em dias de menstruação, e todo tipo de violência sob o rótulo sofisticado de jogos sexuais.

Uma mulher de minissaia, enfim, passou a figurar como um manifesto político, um gesto de oposição declarada ao governo, ou uma demonstração de anacronismo em termos de moda, coisa de velha, mesmo novinha, a exemplo do rock, do jazz e da MPB nessa era dominada pelos sertanejos. Outra peça de vestuário que desapareceu de um dia para o outro foi o "*cropped*", chamado pelos herdeiros da década de sessenta e adversários do avanço da língua inglesa sobre a pureza do português, embora os europeus falassem cada vez mais em língua brasileira, de miniblusa, que fora usada também, décadas antes, por homens de cabelos compridos e ideias curtas sobre o futuro do capitalismo, que imaginavam condenado ao desaparecimento sob a força das sociedades alternativas baseadas na paz, no amor, no sexo livre, nas drogas e na falta às aulas de sociologia, de história e de economia política.

Perplexo, Francisco observava a história dar saltos, cambalhotas, reviravoltas, do fim para o começo. Tudo o que parecia conquistado para sempre, regredia em nome dos verdadeiros valores da civilização. Passou a citar nos bares uma frase de Karl Marx apropriada por um americano como título de *best-seller* sociológico: "Tudo que é sólido desmancha no ar". Os pilares da sociedade da autenticidade — seja você mesmo — desmoronavam diante de todos. Seja o que Deus espera de você era o novo dogma. Novos muros eram erguidos com uma rapidez impressionante. Mulheres de calças compridas voltaram a ser uma raridade. A preferência da primeira-ministra já era uma profecia em realização: meninos de calça azul, meninas de saia rosa, salvo nas escolas, onde os adolescentes resistiam. O choque se daria, diria meses depois Francisco, entre adolescentes laicos e adultos evangelizados. Um choque de civilização dentro da civilização cristã.

◈

As teorias de Francisco podiam ser tão sutis que não convenciam materialistas raiz como Vítor. Para Francisco, o conceito marxista de infraestrutura precisava ser ampliado para que se pudesse realmente compreender as mutações em curso. Assim como as roupas femininas, as mudanças atingiam também outras materialidades estruturais. Por exemplo, os nomes das sobremesas. Isso lhe parecia o sintoma mais contundente de uma transfiguração societária em ato. Já ninguém se atrevia a falar em "negrinho" ou "brigadeiro" para designar o docinho de chocolate sempre presente em aniversários ou coquetéis com uma pegada mais íntima. A troca de nomes das sobremesas também obedecia à clivagem ideológica dominante. A esquerda não tolerava que se falasse em "comer um negrinho". O racismo da expressão era óbvio. A direita não se conformava que alguém pudesse querer "comer um brigadeiro". Algum respeito se devia ter pelas Forças Armadas. Querer uma "nega maluca" revelava uma dupla camada de preconceito, ou seja, uma discriminação interseccional. Outros nomes tradicionais haviam caído por razões teológicas ou morais: "baba de moça", "papo de anjo", "bem-casado", "carolina", "espera marido", "língua de sogra", "maria isabel", "maria-mole", "marta rocha", "olho de sogra", "orelha de gato", "pé de moça", "pé de moleque", "romeu e julieta" e, entre outros, "xangô". Uns, como os doces com nomes de mulher, atentavam contra a dignidade feminina. Outros ofendiam as crenças de determinado grupo ou etnia. Havia os que podiam acirrar sentimentos inadequados em relação a animais ou pessoas próximas, como a sogra de alguém. Curioso é que certos nomes considerados lascivos ou sexualizados haviam sido dados aos doces por freiras quituteiras em séculos passados.

— Elas viviam em cativeiro — provocava Paulo Armando.

— Em mosteiros — corrigia Francisco, deixando-se levar pela rima.

— Conventos — precisava Jocélia.

O politicamente correto impulsionado pela república evangélica e pelos grupos identitários só não dizimava a Música Popular Brasileira, a começar pelas marchinhas de carnaval, porque a MPB, principalmente a de Caetano, Chico, Bethânia, Gil e das finadas Elis e Gal, perdera todo o espaço para o sertanejo, o funk e o rap. O gospel, apesar de ser o gênero oficial, com espaço em sessões governamentais, estava longe de corresponder ao sucesso político do novo grupo hegemônico. Estranhamente o sertanejo, ainda que, conforme um importante produtor musical desabusado, fosse "música pra fazer filhinho", era tolerado ou até incentivado, enquanto o funk e o rap eram, cada vez mais, tidos por manifestações do demônio, impondo-se nas comunidades como arte de resistência. Os sambas de Adoniran Barbosa seriam, mais tarde, proibidos por, como em "Saudosa maloca", edulcorarem e idealizarem a pobreza, confrontando os valores sagrados da "teologia da prosperidade". Mais fácil um camelo entrar no reino dos céus do que um pobre que não lutou para enriquecer nem acumulou sinais de sucesso.

A clássica "Ai que saudades da Amélia", de Mario Lago, foi cancelada em todas as plataformas de *streaming* e não podia mais tocar nas rádios convencionais ou mesmo em festas particulares, sob pena de multa ou reclusão em caso de reincidência. Consta que essas velhas músicas voltariam a rodar em velhas rádios AM piratas. A letra dessa canção ofendia a "teologia da prosperidade", a dignidade das mulheres e o valor do trabalho, além de favorecer a ociosidade e o fatalismo: "Você só pensa em luxo e riqueza/Tudo o que você vê, você quer/Ai, meu Deus, que saudade da Amélia/Aquilo sim é que era mulher de verdade/Às vezes passava fome ao meu lado/E achava bonito não ter o que comer/Quando me via contrariado/Dizia: Meu filho, o que se há de fazer!/Amélia não tinha a menor vaidade/Amélia é que era mulher de verdade". Nem mesmo o pretexto de estudar documento histórico ou de explorar a ironia convenciam as autoridades e os grupos de pressão a dar alguma trégua no combate à cultura da desmoralização nacional.

Francisco polemizava com Paulo Armando. Segundo ele, a tese da "Escola dos Annales" a respeito de mudanças acontecerem na longa duração, quase imperceptivelmente, estava sendo pisoteada pela fulgurante transformação dos costumes brasileiros, algo que se assemelhava para ele, leitor de *O processo civilizatório*, de Norbert Elias, à passagem do comer com as mãos ao uso de talhares, ou o contrário. Vítor, que vivia dias turbulentos, baixava o nível:

— Essa teoria era singular: simplesmente anal.

Jocélia sorria diante das deturpações, das imprecisões e das más leituras feitas pelos colegas. Era tarde para corrigi-los. A nova era se encarregaria deles. Paulo Armando entendia que a mutação de longo curso, gestada ao longo das primeiras décadas do século XXI, entrara, como um vulcão vizinho, em erupção. Um mundo se acabava, outro nascia, uns perdiam tudo, outros ganhavam, a vida seguia o seu curso.

Enquanto esperava o juízo final escolar, Francisco resolveu colocar a sua vida em ordem, o que incluía fazer coisas que, às vezes, imaginava extintas, como ir a um caixa eletrônico de banco. Aproximou-se da máquina como fizera quando, anos antes, havia dedilhado pela primeira vez aquele pequeno teclado, então considerado o ponto mais elevado da tecnologia de gestão financeira ao alcance da mão de qualquer um. Tivera medo de errar e pagar mico diante da enorme fila de usuários deslumbrados. Um deles havia urrado dos últimos lugares:

— Alguém ajuda o cara aí, alguém dá uma mão pro velhinho.

Fazia ao menos cinco anos que não recorria àquela estranha engenhoca. Era, definitivamente, uma criatura dos aplicativos. Lembrou-se de que fora cliente daquela agência, que se encantara com a décima gerente da sua conta, uma negra deslumbrante, que, no auge, umas quinze pessoas trabalhavam ali e uns trinta clientes esperavam atendimento, que era necessário tirar uma senha para pessoa física ou pessoa jurídica, que, conquistado um lugar junto ao atendente, era quase impossível remover a pessoa da cadeira e chamar a seguinte.

A agência agora era um espaço silencioso, com míseras duas máquinas de autoatendimento, e um só funcionário, armado, fazendo às vezes de segurança, especialista em investimentos e consultor. Em poucos minutos, entabulada a conversa, o homem, talvez considerando a sua presumível idade, ofereceu-lhe um COE e uma aposentadoria complementar, um PGBL progressivo, o qual, em caso de morte, não entraria em inventário nem seria afetado por impostos de transmissão, sendo o ideal para quem tem família. Via-se que o funcionário multitarefa ainda era novo na função por ter usado a palavra "morte". Um mais experiente teria dito "em caso de o senhor faltar". O COE, na época, era uma obsessão dos bancos, que chegavam a cobrar comissão de 9% do capital investido sem contar esse segredinho às suas vítimas. Na prática, um investimento em bolsa com a garantia de devolução do capital inicial, em caso de dar tudo errado, sem, talvez, a correção total da inflação. Um excelente negócio para os bancos, que chicoteavam seus empregados, exigindo que atingissem metas estratosféricas à custa de velhinhos. Um agente bacana, arrependido dos seus anos no *métier*, lhe dissera num final de tarde de verão:

— Foge do COE!

Esgotada a sua pequena herança dos pais, a tarefa tornara-se fácil de ser executada. Não possuía um centavo para investimento. Estava ali para tentar resolver um imbróglio fodido. O governo havia, em determinado momento, obrigado cada professor a abrir conta num banco público para pedir um empréstimo como pagamento do décimo-terceiro salário. Feita a operação, a conta devia ser fechada, o que ele não fez. Os poucos reais negativos transformaram-se, com o passar dos anos, numa dívida considerável, que precisava ser interrompida.

— Isso o senhor resolve por aplicativo.

— Não consegui.

— Ainda há uma opção por telefone.

— Não funcionou.

Comovido, o homem mostrou que ainda existiam pessoas de boa vontade. Pegou o próprio celular e ligou para um número do banco. Francisco, sob a luz glauca da agência, em pé, negociou, por telefone, a quitação da sua dívida. Obteve um abatimento de quatro mil por cento. A montanha era artificial, juro sobre juro, nada mais do que isso. Ainda assim saiu dali liso, sem dinheiro sequer para o almoço.

Ao menos, podia dizer que não devia nada para ninguém.

Já estava na calçada quando uma pergunta-luz se acendeu na sua cabeça. Entrou na agência como se recuperasse o tempo perdido:

— Quanto eu precisaria juntar de dinheiro para viver bem na aposentadoria?

— Depende do que entende por bem?

— Como hoje.

— Qual a expectativa de sobrevida?

— Digamos, até os cem anos de idade?

O homem riu. Manuseou rapidamente a calculadora do celular:

— Uns quatro milhões e quatrocentos mil para 42 anos.

— Tudo isso? Acho que não vou viver tanto. Até os setenta anos?

— Talvez não lhe dê tempo de juntar — disse o bancário.

Via-se o volume da sua arma sob o casaco.

Francisco retomou a direção da rua.

Enfim, esse era o seu universo particular.

A cena mais triste de todos os livros de Michel Houellebecq, na opinião de Francisco, entre centenas de passagens terrivelmente desoladoras, acontece em *Serotonina*. Bem-sucedido por algum tempo na sua decisão de viver isolado, anônimo, num hotel do décimo-terceiro distrito de Paris, o protagonista teve de se mudar quando o hotel deixou de ter quartos para fumantes. Num pequeno apartamento, ele montaria um painel com fotos antigas. Os retirantes de Houellebecq adorariam ser resgatados pelo amor. Era mais uma tese de Francisco sobre a literatura sombria do escritor nascido na luminosa Ilha de La Réunion. No computador, o protagonista de *Serotonina* guardava mais de três mil fotos, que representavam, segundo ele mesmo, a integralidade da sua vida. Aproveitando uma parede livre, expôs ali em torno de mil fotografias. Ele olhava a exposição e podia concluir que sua vida estava terminada. O leitor fica com o coração nas mãos de tristeza.

Numa profusão de julgamento sem apelação e fórmulas à queima-roupa sobre a vida no apogeu do capitalismo, o que pode ser visto também como o começo da sua ruína, o narrador faz um comentário doloroso sobre um conceito que atribuía a sociólogos sem inteligência, o conceito de família reestruturada, que dizia jamais ter visto. Francisco, cujo sobrenome quase não aparecia, era Francisco da Silva. Ele não se atrevia a dizer aos colegas que se via em dois personagens de Houellebecq, o pedreiro Joaquim Da Silva, de *Serotonina*, e o sociólogo Daniel Da Silva, de *Submissão*. Se não se sentia acabado como as criaturas masculinas, de meia-idade, de Houellebecq, temia que a vida o empurrasse cedo demais para o banco de reservas. O que faria se fosse expulso da sua casa, a Escola Estadual Paulo Freire, rebatizada, para sua tristeza absoluta, Escola Estadual Pastor Sálvio Malaparte?

Ao estacionar o carro a uma quadra da escola, num final de tarde, ele não sabia o que o esperava nem o que poderia fazer. O aplicativo no celular contaria os seus passos até o portão do colégio: 843. Era um bom número para apostar no velho jogo do bicho. Seria o número da sorte, aquele que o salvaria da solidão precoce em vida? Sabia que a velhice começa com pequenas tristezas, saudades sem objeto preciso, acentua-se com o surgimento das primeiras dores crônicas, passa pelos primeiros remédios permanentes e instala-se definitivamente quando todos os espaços públicos se reduzem. Daí a importância de pertencer a algum clube, associação, sociedade secreta, etc. Será que ainda tinha tempo de entrar para a maçonaria?

Havia sido sócio de um clube de futebol, mas pagar a mensalidade não estava entre os seus esportes favoritos. Era certamente um erro. Sempre havia algo mais urgente. Afinal, como alguém havia dito, o futebol é a mais necessária das coisas irrelevantes. Via tantos idosos felizes debatendo futebol como crianças que chegava a sentir inveja deles. Talvez ainda pudesse fazer parte de uma torcida organizada. Lembrou-se de que treinadores como Felipão trabalharam até depois dos setenta anos. Quem sabe o futebol era campo livre de etarismo.

Na verdade, Francisco sentia que caminhava para o abismo. Sem drama nem pressão alta.

Ao entrar na escola, que estava quase deserta, lembrou-se de que esquecera na sala dos professores um livro de Judith Butler, *Quem tem medo do gênero?*. Apesar de ser um livro obscuro, era lido pelos progressistas e rejeitado pelos conservadores, ainda mais que tinha o selo da Boitempo, uma editora rotulada de comunista de carteirinha.

— Logo a Butler — exclamou Jocélia.

— Pois é, logo ela.

— Essa você me deve — ela disse, rindo.

— Como assim?

— Eu vi o livro lá e o resgatei.

— Onde guardou?

— Queimei.

— Você não é fascista.

A amiga viu que ele havia mordido os lábios. Estava tenso. Viu uma sombra nos seus olhos claros. Precisava acarinhá-lo um pouco:

— De que tem medo?

— Ele já chegou?

— Ainda não.

— Quando chega?

— Você está seguro, Fran. Todos *te* respeitam.

Só ela o chamava de Fran. Haviam sido Fran e Jô. Esses diminutivos eram como escavações que revelavam camadas de estratigrafia, com vestígios de eras passadas, dessas que não voltam nem vão embora definitivamente, como um TOC a que é preciso se dobrar.

— Veremos se alguém consegue sobreviver.

A censura de livros estivera em alta alguns anos antes. A palavra voltava a ser sussurrada em cada bar ou corredor de escola. Esse é o ponto a ser realçado: começava-se a sussurrar. Francisco sabia que sussurros, em certas ocasiões, soam mais alto do que gritos. Foi pensando nisso que caminhou até a feirinha onde comprava mel, bananas e polpa de açaí. Aprendera tardiamente a gostar de açaí, que, antes, recusava por ter "gosto de terra". Precisava controlar-se para não misturar tanta coisa com a polpa a ponto de torná-la calórica. Levava a sua sacola de pano com certo orgulho. As causas tardias renovam a pessoa e costumam ser exibidas feito um cartão de visitas, como se os objetos sussurrassem aos passantes: "*Tamu juntu*". Nas paredes dos velhos edifícios havia muitas pichações do tipo "fora fascistas". Algumas ainda se rendiam ao vocativo: "fora, fascistas". Uma inscrição sobretudo chamou-lhe a atenção: "Teocracia tropical".

O leitor pode estranhar essa ideia de passagem vertiginosa do tempo, em expressões como "alguns anos antes", sendo que tão pouco tempo de calendário havia passado. A aceleração fora tão surpreendente que não era retórica dizer que se havia vivido vinte anos em dois. Francisco talvez exagerasse essa percepção na medida em que se preocupava demais com a sua idade, com a aproximação da aposentadoria e, cada vez mais, com a possibilidade de não ter tempo de se aposentar. Enquanto examinava a qualidade dos tomates, que também os comprava, espantando-se com o preço, mais caro a cada semana, a inflação real era certamente maior do que a oficial, pensava no que estavam vivendo. Já não conseguia pensar em outra coisa. Era quase uma monomania. Tivesse dinheiro, retomaria a terapia de tantos anos.

De camiseta azul, com uma estampa de Pepe Mujica, ele estava completamente integrado à paisagem. Era o que alguns ainda chamavam de "bicho-grilo", uma espécie de mescla de hippie pós-tudo com professor pré-aposentadoria. Ouvia Beatles e os Rolling Stones, mas preferia os Novos Baianos e os velhos milongueiros. Foi na barraca das hortaliças que deu de cara com Rodrigo Sampaio. Haviam convivido em dois momentos, num coletivo em defesa dos ipês amarelos e numa oficina de reciclagem do lixo. Rodrigo Sampaio havia alcançado o que muitos sonhavam: um *up* na vida. Aparecia até no *Jornal Nacional*. Era tido como um dos maiores especialistas do país em neopentecostalismo.

Apertaram-se as mãos como se fossem cúmplices de alguma coisa muito secreta. Se Francisco havia abandonado a barba, por ela se ter tornado parecida com a do Papai Noel, Rodrigo cultivava um cavanhaque milimétrico. Em poucos minutos estavam sentados num banco de parque, à sombra generosa de árvores plantadas anos antes por voluntários.

— Há muito preconceito com os evangélicos — disse Rodrigo.

Era a senha para uma dissertação consistente sobre um tema que Francisco, no fundo, dominava mal. Estava acostumado com as discussões ligeiras que travavam nos bares, o que, muitas vezes, lhe fazia menosprezar a cultura dos colegas. Vítor, por exemplo, era capaz de análises de conjuntura brilhantes, embora resvalasse na tentativa de lacrar com frases rápidas demais. Ele havia previsto a vitória da jovem presidente, a ponto de quase acertar a diferença de votos entre a vencedora e o segundo colocado. Ninguém explicava tão bem quanto ele a derrota do candidato petista, apesar de Lula ter feito um bom governo do ponto de vista dos indicadores econômicos. Para ele, a economia perdia terreno para a ideologia em sociedades de redes sociais e de tecnologias da emoção. Já Flora tinha uma enorme sensibilidade para os problemas dos vulneráveis. Percebia antes dos outros as intenções subjacentes a certas propostas com fins aparentemente defensáveis. Enfim, tinham muito a dizer, embora nem sempre fossem ouvidos. Era um tempo em que se ouvia cada vez menos.

— *Pra* começo de conversa — afirmou Rodrigo — não se pode colocar todos os ditos evangélicos num mesmo saco. Há um leque enorme de teologias.

Enquanto Rodrigo falava, Francisco admitia que as generalizações eram frequentes, como se todos, no limite, fossem protestantes luteranos por ter a reforma do cristianismo começado com Lutero.

— Não se pode condenar o todo pela parte — insistiu Rodrigo.

O especialista desfiou dados que esclareceram e até confundiram Francisco pela enormidade e pela complexidade: em torno de 110 mil igrejas evangélicas no país, dezessete novos templos, em média, a cada dia, religiões vividas no cotidiano como manuais de existência concreta, Bíblia ao alcance da mão, uma profusão de denominações, dogmas, princípios, promessas e metodologias. As maiores comunidades protestantes do Brasil, disse Rodrigo para surpresa do seu interlocutor, eram a Batista, com quase quatro milhões de fiéis, a presbiteriana e a adventista, com um milhão e meio de adeptos cada uma. Rodrigo precisou que, "no campo das pentecostais e das neopentecostais", a Assembleia de Deus dava um banho completo em vários tipos de concorrentes, com mais de 12 milhões de seguidores.

— Os evangélicos são pessoas como todo mundo, que trabalham duro, sonham com um dia a dia melhor e se amparam nas suas crenças — disse.

Rodrigo fizera pós-doutorado on-line nos Estados Unidos, na Euclid University, em Washington, sobre neopentecostalismo, política e redes sociais. Tinha doutorado em Estudos Inter-Religiosos. Demorou-se na apresentação das principais diferenças entre as tantas igrejas em atividade no Brasil. Os assembleianos, disse, para espanto de Francisco, creem numa segunda vinda de Jesus Cristo. Foi nesse instante que Francisco se sentiu à vontade para perguntar:

— O que faz com que os evangélicos possam ser chamados de evangélicos?

O outro acariciava uma beterraba. Sorriu com indulgência. Gostava da sua condição de fonte a ser consultada sobre o assunto mais em voga no país. A mídia gostava dele pela sua capacidade de fazer frases curtas e claras, sem muitos termos técnicos e sem ofender os tantos lados envolvidos na questão, o que exigia menos cortes na edição. Parecia pensar nisso quando organizava as suas respostas. Rodrigo falava tecnicamente. Enfim, era o que ele pensava e dizia.

— Evangélicos são todos os que acreditam mais na prática da crença, como religião encarnada, do que no ritual como renovação da fé.

Nem sempre o cenário e o contexto acompanham o peso de uma situação. Francisco sabia que roçava algo importante com as mãos sujas de feira. Não eram as ricas informações sobre as religiões evangélicas que Rodrigo lhe passava o mais importante de tudo. Talvez o essencial estivesse no apresentado como acessório, as constantes advertências de que os evangélicos não podiam ser estigmatizados e que se tratava de uma categoria vasta demais para englobar tantas diferenças. Rodrigo tinha uma tese para tentar explicar a força dos evangélicos na política brasileira.

— Entramos numa nova era da relação humano/ser supremo — disse. — Na medida em que a inteligência artificial se desenvolve, mais o ser humano precisa de Deus. Depois de um longo tempo de déficit de transcendência, ou de valorização de religiosidades desinstitucionalizadas, o sacral vertical voltou com força.

— Complexo isso. Na prática, as coisas se mostram mais rudes. Tenho a impressão que muitos se reconhecem mesmo é na luta contra a macumba, no amor a um Israel cristão que não existe e no medo ao comunismo.

— Tem algo de verdade nisso, Francisco, mas também um pouco de simplificação. Uma coisa é o arsenal utilizado para apascentar o rebanho, bem outra é o fundo teológico que cimenta as crenças.

Rodrigo enveredou por um emaranhado de dados sobre igrejas brasileiras. Falou longamente dos batistas e do credobatismo, por oposição ao pedobatismo: batizar na água adultos conscientes da sua fé em vez de crianças recém-nascidas. Abriu um parêntese para explicar a "renovação espiritual", com acentos pentecostais, proposta pelo pastor José Rego do Nascimento, em Minas Gerais, nos anos 1950, na Igreja Batista da Lagoinha. Ele seria expulso da Convenção Batista e fundaria a sua própria denominação. De repente, Rodrigo parou de falar.

— Não é isso o que importa, Francisco.

— O que importa então?

— Para essa gente toda, todos esses crentes que não param de se multiplicar, o que importa é uma igreja calorosa, de proximidade, orientadora, que marque presença amparando, cobrando, indicando até o comprimento da saia de uma mulher, ajudando a crescer na vida.

— Igreja de proximidade, é?

— O termo erudito é proxemia.

— E a teologia do domínio nisso tudo?

— Os sete montes precisam ser reconquistados.

— Sete montes?

— Religião, família, educação, mídia, lazer, negócios e governo.

— Nunca tinha ouvido falar nisso.

— A teologia do domínio surge nos Estados Unidos na década de 1970.

— Tudo surge nos Estados Unidos — interrompeu Francisco.

— Baseia-se literalmente no Gênesis, 1, 26-29, sem mediação hermenêutica: "Deus disse: 'Façamos o homem à nossa imagem e semelhança para que domine sobre os peixes do mar, as aves do céu, os animais domésticos e todos os animais selvagens e todos os répteis que se arrastam sobre a terra'. Deus criou o homem à sua imagem, à imagem de Deus os criou, macho e fêmea os criou. E Deus os abençoou e lhes disse: 'Sede fecundos e multiplicai-vos, enchei e subjugai a terra, sobre as aves do céu e sobre tudo que vive e se move sobre a terra'".

Francisco teve um sobressalto. Tudo aquilo era estranhamente preciso e vago ao mesmo tempo. Aquele saber todo remetia, de algum modo, a uma teoria da conspiração. No entanto, fazia sentido. Era incrível que Rodrigo pudesse recitar a Bíblia de cor. A cultura especializada tinha, cada vez mais, ar de complô. Como os seus conhecimentos sobre o assunto eram limitados, não podia julgar. Sabia que, nos dias seguintes, aprenderia muito sobre o que decidiria o seu futuro. Embora não fosse de pressentimentos, não recusava as antecipações que o cérebro lhe oferecia. Sentia que vivia os últimos dias de um ciclo, se não o mais feliz da sua vida, certamente o mais estável, aquele que fizera dele alguém, um ser humano com identidade.

— Em outra passagem do Gênesis, é diferente — observou Rodrigo.

— Que Deus criou a mulher para ser companheira do homem.

— Por aí.

— Um Deus da dominação e outro... — balbuciou Francisco.

— E outro da compreensão.

— Um Deus muito útil para certos projetos políticos.

— Um Deus sob medida para certas criaturas, Francisco.

Rodrigo pediu desculpas por ter de ir embora.

— Por que tanto pressa?

— Tenho de passar na creche?

— Pegar sua filha?

— Não, ela está com a avó. Vou pegar meu cachorrinho.

— E seu pai, o jogador de cartas, como vai?

— Colocamos numa clínica. O Alzheimer pegou forte.

— Ele reconhece as pessoas?

— Cada vez menos. Todo mês, quando vou lá, sinto que está mais longe de tudo. Às vezes, sai do vazio e reclama de alguma coisa.

Disse isso já de pé. Afastou-se, porém, sem pressa, como se lhe pesasse não ter sido mais claro ou arrependido de ter dito tanto.

À noite, organizando na cabeça a conversa com o amigo, Francisco engasgou pela segunda vez. Um farelo de pão alojou-se na sua garganta.

A nova direção instalou-se numa segunda-feira de neblina. Não se deve tomar a neblina como parte de um cenário deprimente. É apenas um fato. Numa história realista, fatos são relevantes. No jornalismo, durante muito tempo, eram decisivos. O diretor vestia-se como um evangélico padrão. Tudo nele exalava comedimento extremo, a começar pelo comprimento do cabelo, na régua. Era um homem gris, com os atributos de toda pessoa dessa característica. Até os seus cabelos empapados de gel pareciam acinzentados. Obviamente que nem todo evangélico é gris ou acinzentado. Isso não se discute. Wellington era. Não se pode inventar assim a descrição de alguém. A reunião geral, no saguão da escola, onde era possível colocar cadeiras para todos os docentes, aconteceu a partir das 9 horas da manhã. Durou uma hora cravada. Wellington falou como um candidato em palanque. Anunciou que, na sua gestão, a religião e a família estariam acima de tudo e de todos. Precisou que combateria incansavelmente a ideologia de gênero, a dita linguagem inclusiva do todes, o marxismo, o comunismo e qualquer menção a banheiro unissex ou coisas desse tipo.

— Aqui ninguém vai falar *todes* nem ofender a ordem natural da criação. Quem falar em construção social da identidade e outras palavras de ordem desse gênero terá de se explicar com a direção — anunciou.

Recado dado, missão a cumprir. Ninguém se atreveu a contestar, embora todos se remexessem nas cadeiras duras. Ao final, cada um se encarregou de levar o seu assento de volta ao lugar. A vida daí em diante teria outro ritmo. O mais difícil seria acertar o passo dos alunos. Francisco pensaria bastante sobre essa categoria, generalizante como toda categoria: alunos. Afinal, algo existia de comum entre eles? Considerou que os unia a rejeição aos adultos. Não deixavam de ter razão: os adultos, outra categoria generalizante, costumam destilar conformismo, hipocrisia e falta de coragem. Por que não haviam interpelado o diretor? Medo ou estratégia instintiva?

Logo depois da reunião geral começariam as entrevistas individuais com o diretor. Conhecer os regulamentos do passado não trazia tranquilidade. Tudo podia acontecer. Jocélia seria a primeira a entrar na sala do chefe. A entrevista seria longa. Acostumados a decisões coletivas, os professores não sabiam como se comportar. Durante anos, Jocélia remoeria cada palavra trocada com Wellington.

— A senhora fala *todes*, professora?

— Bem, preciso explicar que...

— Quero ouvir.

— Acontece que...

— Seja mais precisa.

— Veja bem...

— Temos uma prova aplicada pela senhora ao terceiro ano na qual o artigo masculino é substituído por X ou @. Reconhece este enunciado?

Não havia o que negar. Jocélia se sentiria esquisita. Adotara a linguagem inclusiva mais por sintonia com o ar do tempo do que por convicção. Não era professora de português. Ainda se atrapalhava com o novo sistema. Sabia dizer "todos os que vieram" e "todas as que vieram". Não sabia como falar "todes xx que vieram". Chegou a pensar em contar o que estava pensando. Sentiu vergonha da hesitação. "Não vou amarelar", repetiu três vezes para si mesma enquanto a voz do diretor se tornava cada vez mais metálica e definitiva.

— Usa ou não? A senhora sabe que usa.

— Uso, às vezes — admitiu.

— Se quiser manter o seu emprego, esqueça essa porcaria.

A subordinada, que nunca se vira antes nessa condição, hesitava. Esperava algo diferente, até abusivo, mas estava diante de um quadro de uma simplicidade atordoante. Não havia preparação, discurso, teoria, fundamentação, nada. A interpelação era direta, quase simplória. Wellington ia sempre pelo caminho mais reto e acachapante.

— A senhora fala "é foda" em sala de aula.

— Não, não é bem assim.

— A senhora falou e foi gravada.

A partir dessa afirmação tudo mais seria insignificante. Aliás, tudo era insignificante diante de uma missão que se apresentava como a mais nobre. Jocélia não sabia o que dizer, não tinha o que dizer, então, numa crise de pânico, ou algo muito semelhante, sussurrou:

— Ah, vá se foder!

A sua exoneração saiu no *Diário Oficial* uma semana depois.

◆

A notícia da exoneração de Jocélia provocaria, como ainda se dizia em manchetes de telejornal, um terremoto. O conteúdo da conversa entre Jocélia e Wellington sofreria alterações conforme quem o relatasse. Circulava com enorme impacto e verossimilhança que a professora teria chamado o diretor de "enviado do diabo à escola". A versão oposta também corria, com uma fórmula ligeiramente diferente: o diretor teria chamado Jocélia de "representante do diabo na escola". Formaram-se rapidamente dois grupos, cada um defendendo a sua visão do acontecido e a precisão das informações repetidas. Francisco, ao tomar conhecimento do ocorrido, refletiria longamente sobre a natureza das democracias. No seu entender, a democracia se caracterizaria pelo ruído. Jocélia não se sentia em condições de prestar esclarecimentos.

À espera de ser chamado, Francisco ocupava-se relendo passagens de livros de Michel Houellebecq. Via em cada romance uma filosofia da desistência. O protagonista quer desistir. Nem sempre consegue. O final de *Extensão do domínio da luta* confunde os leitores: suicídio, loucura ou desaparecimento? "Desistir", pensava o professor, "não é tarefa fácil". Poderosas travas, como os instintos ou as convenções sociais, impedem a ruptura, adiam a solução, impedem o gesto, travam as decisões. Daí a sua conclusão: o desistente é, antes de tudo, um forte. Desistir, insistia, é uma meta difícil de ser alcançada. Mais difícil ainda, ensinava, é desistir com estilo, classe, elegância.

Filosofia da desistência poderia ser o título do livro que não escreveria. Para que fazê-lo? Em tempos de autoajuda e pensamento positivo, uma leitura niilista não encontraria leitores. Como se fazia, então, que Houellebecq obtivesse tanto sucesso? A resposta era um elogio ditirâmbico ao romancista francês: só os muito grandes vencem em literatura afirmando uma filosofia da desistência. Além disso, Houellebecq faria romance de ideias com ideias, algo da época de Thomas Mann. Tratando-se de ideias, Francisco sustentava que o capitalismo do hiperespetáculo estava invertendo as teses de Michel Foucault: a sociedade estaria recuando do controle para a disciplina. Mais precisamente, explicava, o capitalismo evangélico aliaria ao mais alto ponto vigilância e disciplina, com ênfase na última. Wellington Paulo da Silva representaria o retorno ao disciplinar total.

Passadas as ilusões ativistas, Francisco encontrava na releitura dos livros dos seus autores prediletos a desistência possível. Ler era se retirar de um mundo hostil e exigente de ações que já não queria executar. De que havia desistido na vida? De tanta coisa, de amores, de uma carreira universitária, da literatura, do próprio corpo, enfim, não cabia exagerar, era um homem comum, um desistente por imposição da ordem cotidiana, um entre tantos a não conseguir alcançar o que de melhor seria capaz de fazer, empurrado, portanto, para a inação. Ao contrário dos personagens de Houellebecq, ele não cogitava passar por uma conversão religiosa. Não seria evangélico, nem umbandista, embora os rituais afros o atraíssem, permaneceria um católico não praticante, ciente de que no dia da morte seria rezada uma missa. A desistência sempre lhe pareceria charmosa, sedutora, heroica: largar tudo e sumir no mundo, ir viver numa aldeia do alto rio Negro, aconchegar-se numa praia da solidão, voltar para o seu vilarejo natal e encontrá-lo intacto, inventar um deserto de lembranças e a memória de uma partida.

Normalmente os desistentes refugiam-se em prazeres de substituição sorvidos em doses sempre maiores: álcool, sexo, drogas, comida, coleções, carros, roupas e, sob influência da indústria do lazer, viagens e horas diárias de academia. Viajar, afirmava para fúria dos compradores de passagens baratas do tipo 123 Milhas, é a forma mais comum de desistência inconsciente. Enquanto se move de um lado para outro o viajante não percebe que já parou. Outra ilusão que denunciava era a da vida na Europa. Mudar-se para a Europa seria uma forma de desistência no agridoce do exílio: viver na doce amargura do extravio, na saudade de casa, como se uma força maior impusesse tal sofrimento, dando um sentido à vida pela ausência, pelo sofrimento provocado pelo deslocamento, por nunca estar num lugar passível de ser chamado de seu. Nada disso o atraía. Comia pouco, bebia moderadamente, não se interessava por roupas, tinha um carro velho, detestava viagens, para as quais, de qualquer maneira, não tinha dinheiro, odiava exercícios físicos repetitivos, fazia longos discursos contra a moda das academias. Só lhe restava a mais radical e eficiente saída de emergência inventada pela psicologia moderna para moradores de grandes cidades: adotar um cachorro ou um gato.

Não se via, porém, limpando bunda de gato nem recolhendo cocô de cachorro na rua. Ser chamado de tutor o faria rir a cada vez. Contudo, participava de debates sobre a autonomia dos gatos e o servilismo dos cachorros. Entendia, entretanto, que os cães eram mais autônomos do que os gatos, tomando a suposta indiferença dos bichanos por incapacidade de comunicação ou egoísmo e o oferecimento dos cachorros por fingimento ou estratégia de sobrevivência. Gostava de contrariar.

A humanidade, segundo ele, pode ser dividida, no seu estágio espetacular, entre aduladores de gatos e bajuladores de cachorros. Bastava puxar esse assunto para arranjar briga. No seu edifício, a população de gatos e cachorros excedia em dois terços a de seres humanos. Gostava, apesar de tudo, de gatos e cachorros e sabia que ambos eram menos prejudiciais à natureza do que os humanos. Destacava a importância dos cães para a eclosão de paixões entre os diversos gêneros. Vira um cara e uma moça se aproximarem no momento em que recolhiam o cocô de seus bichinhos. Meses depois, estavam no altar.

Agora, falando sério, como Francisco dizia, o "cuidado de si" era a principal técnica terapêutica utilizada pela ciência da saúde para lidar com os excluídos pela idade. Voltar-se para si quando o mercado já não vê utilidade numa pessoa que esgotou o seu potencial de renovação, sendo que o principal argumento de venda nesse imaginário é a novidade. O "narcisismo das pequenas coisas", cuja expressão mais acabada seria o aprendizado da dança de salão, era estimulado como a melhor forma de dar sentido a vidas cujo principal significado, a competição, já não pegava bem. Graças a essa metodologia, adultos envelhecidos viravam membros de um clube seleto, o clube da melhoridade, da terceira idade, de todos os eufemismos tolos, infantilizados por adestramentos capazes de conformá-los a um novo modo de vida extremamente rentável ao capitalismo de acompanhamento, cuja base está na ideia de que nada deve ser feito sem ajuda de um especialista e sem a roupa adequada. Caminhar sem orientação de um profissional, zombava Francisco, podia ser extremamente perigoso.

O etarismo do bem ativa a economia dos cuidados pessoais e aumenta o PIB nacional em cerca de 15%, cria empregos, favorece o empreendedorismo e melhora a autoestima dos clientes. Quem não se beneficia já é caso perdido. A ciência ainda precisa avançar muito nesse quesito. Francisco via nisso tudo o começo dos cuidados paliativos destinados a aliviar o fim de uma vida. Na sociedade do movimento e da ação, a contemplação ritual aparecia para ele, interpretando Michel Houellebecq, como o meio mais eficaz de retirada. Na época da televisão, porém, a contemplação podia, segundo os marxistas, alienar e deprimir. Na era das redes, a grande ameaça continuava sendo a ansiedade, a síndrome de protagonismo. Se François, personagem de *Submissão*, mesmo em retirada, brilha organizando a entrada de Huysmans na *Pléiade* e é resgatado, seduzido pela poligamia muçulmana, como professor da Universidade Islâmica Paris Sorbonne, no Brasil de Francisco qualquer resgate era impossível, salvo como militante da ideologia no poder, o que estava fora de questão por inapetência teológica e falta de oportunidade. Fora disso, Francisco havia desistido dos grandes voos em algum momento do seu passado do qual não falava por não saber o que dizer. Se a obra de Michel Houellebecq tivesse uma moral da história (ou fosse uma história moral), seria: quando o campo de luta se amplia para todas as dimensões da vida humana, inclusive a reta final, só resta uma saída: desistir, retirar-se, depor as armas, abandonar o combate, cair fora.

Assim como não há troca possível com o terrorista que aceita morrer por uma causa, para desespero dos que não aceitam morrer nem mesmo pela religião que abraçam e que promete a vida eterna, nada se pode fazer contra o retirante convicto. Simplesmente, explicava Francisco nos seus dias mais inspirados, ele bloqueia o sistema, paralisa a máquina de sedução, neutraliza o jogo que obriga os demais a prosseguir, não mais como competidores, mas ainda como consumidores dos produtos vendidos pelo capitalismo. Daí a necessidade de eliminar qualquer possibilidade recuperável de desistência. A modalidade mais ardilosa de alcançar esse objetivo é o etarismo. Entra em ação uma poderosa artilharia irônica de desqualificação. Quem não se dobra, é acossado, insultado, agredido, rotulado de velho quando poderia gozar de etiquetas mais valorizadoras, como a de idoso ou colaborador. A mais eficaz arma desse protocolo é a condescendência. Toda desistência passa a ser vista como resistência, ignorância, trauma, déficit cognitivo, dissonância ideológica, coisas assim, e deve ser enfrentada com frases carinhosas até se conseguir algum progresso, como aceitar dar alguns passos numa dança de salão — o tango esteve na moda, o forró também, depois veio a onda sertaneja —, ioga em parque, etc.

Francisco seria o último da sua tribo a comparecer diante de Wellington Paulo da Silva. Chegaria determinado a, em qualquer situação, não sair com o rabo entre as pernas. Era uma meta.

– Cante o hino antes de entrar – dissera-lhe Jocélia.

A literatura apresenta muitas formas de contar uma história. Pode-se inventar um conteúdo novo para uma velha forma. Uma nova forma para um velho conteúdo. Um novo ponto de vista para um velho conteúdo. Uma forma e um conteúdo novos, que é algo raríssimo. A última vez em que isso aconteceu talvez tenha sido em 1922, com Joyce, o que foi ótimo para a maquinaria narrativa, mas não necessariamente para o prazer da leitura, embora existam tarados para tudo. Esta é uma história que está sendo contada. Obviamente. O leitor ingênuo morreu no século XVI atingido pela pá de um moinho de vento. Fazer esta interpolação pode quebrar a naturalidade do "estar sendo", o truque de transformar o contado num "estar sendo vivido". Eu, como narrador onisciente, registro que muito mais poderia ser dito, mas não será. Por que não será? Não sei. O autor não me passou as informações.

De qualquer maneira, esta é a história de um homem do século XXI. Ela poderia ser contada por qualquer membro da espécie humana com mais de sessenta anos de idade, especialmente do gênero masculino, essa construção histórica em acelerado desaparecimento. Alguns leitores a rejeitarão por ensaística, sociológica, cerebral, racional demais, essas coisas que são ditas sobre certas ficções. Outros tomarão este pequeno capítulo como tentativa de blindagem contra a crítica. Tudo isso é legítimo e nada se pode fazer contra as formas hegemônicas de interpretação de textos. A crítica literária é um sistema de hierarquia social como qualquer outro e, nos termos de um famoso sociólogo do século XX, há dominantes e dominados, uns tentando preservar o seu lugar na escala, outros querendo devorar os seus concorrentes. É possível pular este tópico sem qualquer prejuízo para a compreensão da história de Francisco e da sua retirada do campo de luta num momento quântico da história da sociedade brasileira.

Talvez este item fique melhor ao final de tudo. O leitor poderá deslocá-lo à vontade. Qual a finalidade deste elemento? Não sei.

Mesmo um narrador onisciente não sabe tudo.

Nem Deus.

Será que Deus sabe quando cada criatura sua vai morrer?

Enfim...

Não demoraria para o Brasil se agitar de um modo muito perigoso. Circularia o boato, depois notícia, de que o país se preparava para a guerra. Organizava-se a invasão da Venezuela para libertá-la do comunismo. O Ministério da Defesa entendia, sem perceber o trocadilho, que o país estava maduro para a operação, que seria batizada de Fraternidade Armada. A nação seria mobilizada em defesa dos valores ocidentais: liberdade de iniciativa, propriedade privada e individualismo. A última guerra travada pelo Brasil havia sido contra o Paraguai, mais de 150 anos antes, conflito que permitira ao império de D. Pedro II, o sábio, esmagar um pequeno país, certo, governado por um ditador, mas com algum desenvolvimento próprio, o que não agradava aos ingleses, que terceirizaram a guerra para Brasil, Uruguai e Argentina. Depois disso as forças armadas brasileiras desenvolveriam somente atividades internas, como golpes de Estado, perseguição política, caça a comunistas, tortura e gestão de ditaduras mais ou menos longas.

A Guerra do Paraguai, em que muitos se tornariam bravos heróis comandando a execução de tropas, em certas batalhas, integradas por meninos pré-adolescentes, consagraria os "voluntários da pátria", corpos com a participação de escravizados enviados para lutar no lugar de brancos, ocupados com outros afazeres mais urgentes em casa, com a promessa de liberdade quando a vitória fosse alcançada. A lei amparava essas trocas que, numa linguagem de marketing futuro, poderiam ser rotuladas de ganha-ganha, salvo pelo fato de que os "voluntários da pátria" podiam facilmente perder a vida. Estima-se que a Guerra do Paraguai tenha servido para algo útil: a abolição da escravatura, dezoito anos depois. Era um tempo lento. No corpo a corpo contra os paraguaios, tendo a vida, muitas vezes, salva por negros parceiros de luta, os militares brancos de alta patente se recusariam a continuar exercendo a função de capitães do mato, que consistia em capturar escravos fugidos e devolvê-los aos seus legítimos sequestradores.

Enfim, tudo isso que não se perde tempo contando nas salas de aula para não encher a cabeça dos alunos de rancor e de incompreensões cívicas, sem contar, claro, algum projeto ideológico de formação de bons patriotas. Mas isso seria depois, bem depois, quando Francisco já estivesse entregue à ocupação que mais absorve quem já desistiu do restante, mas ainda se apega inutilmente à vida: a doença.

A reunião com a direção seria tensa. Não poderia ser diferente. Paulo Armando e Vítor haviam sofrido advertências e seriam mantidos no quadro se provassem estar arrependidos de suas ideologias. A conversa com o chefe relatada por Vítor era de uma crueza inverossímil.

— O senhor é marxista?

— Marx foi um grande...

— Deixe de ser.

— Mas é preciso reconhecer o seu valor como pensador e...

— Esqueça até o nome dele.

Wellington bebia chá de carqueja enquanto examinava a sua tropa. Mantinha a janela escancarada por temer vírus, embora também sentisse medo dos mosquitos, o que o obrigava a retocar o repelente do pescoço, das mãos e das canelas com frequência. Não oferecia o seu spray aos visitantes. Com Paulo Armando o tom teria sido outro. Ele se apresentara engravatado. Uma gravata do tempo em que fazia bico como agente funerário. Wellington da Silva tomaria o vestuário do subordinado como uma proposta de aliança. Afinal, ele também precisaria de apoio ali dentro para reinar com alguma estabilidade.

— Gosta de se vestir assim?

— É uma possibilidade. No século XVIII...

— Fiquemos no século XXI, por favor.

Flora seria despachada sem maiores explicações, com um vago "comportamento incompatível com a função exercida" e a interrupção imediata das atividades. O diretor se restringiria a uma pergunta — com o perdão do clichê, que, como gostava de dizer Francisco, era pedir desculpas por um lugar-comum com outro — à queima-roupa:

— A senhora é a favor do aborto?

Surpresa, Flora absorveria o impacto com altivez, apesar de uma leve agitação na voz. Mais tarde ela diria que quase não se reconheceu na firmeza que conseguiu adotar enquanto as suas pernas tremiam.

— Sou.

— Já fez?

— É uma questão íntima.

— Então já fez.

— Não sou obrigada a falar disso.

— É obrigada a não falar disso em sala de aula.

— Nunca falei.

— Então escute esta gravação.

Claro que casos assim seriam levados à justiça. O aumento de número de ministros do Supremo Tribunal Federal de 11 para 19, com oito nomeações inusitadas, e o fim da Justiça do Trabalho acarretariam uma mudança de perspectiva jamais vista. Processos desse tipo passavam a ter remotas possibilidades de êxito. A Era Vargas, como era chamado o grande período de oitenta anos de vigência da legislação de proteção aos trabalhadores, começada pelo ditador do Estado Novo, teria fim com a extinção da carteira de trabalho. Um pacote de medidas aprovadas em regime de urgência encerrava um tempo rotulado de anacrônico pela mídia autodenominada imparcial: fim das férias pagas pelo empregador; fim do décimo-terceiro salário; fim do Fundo de Garantia do Tempo de Serviço; fim da aposentadoria por repartição, ou seja, garantida pelo Estado com base em contribuições de patrões e empregados; fim do pagamento por dias não trabalhados, como os feriados, à exceção dos religiosos cristãos. Os demais seriam abolidos. A uberização da atividade econômica se tornaria o modelo dominante: cada empresa criaria o seu aplicativo, possibilitando aos interessados trabalhar como autônomos. Apenas o judiciário e as forças armadas teriam as vantagens históricas garantidas. Aproveitou-se, de resto, essa correção de rumos, com a liberação de parte do orçamento federal, antes sufocado por tantos gastos, para corrigir os ganhos defasados de militares e de juízes. As manifestações na avenida Paulista, em São Paulo, pelo fim da carteira de trabalho, uniriam empresários e motoristas de Uber vestindo camisetas amarelas da seleção brasileira, ainda que a equipe do Brasil só jogasse de azul para tentar espantar a fase de azar e se livrar da pecha de símbolo de reacionarismo adquirida pela famosa amarelinha em poucos anos de uso político. Se não era um caso típico de apropriação cultural, era um *case* de oportunismo cívico. Enfim, era o que Francisco pensava e defendia.

Estado fraco, igrejas fortes — era o que ele sempre dizia. Afinal, alguém precisa suprir as carências que o Estado não cobre.

Fórmulas provocativas eram o seu forte, gabava-se.

—O senhor apoia as gangues do arco-íris, professor?

A pergunta, antes mesmo de uma introdução ao assunto, deu um tranco em Francisco. Um pouco mais e beijaria a lona no primeiro golpe. Afundou-se na cadeira. Wellington era um homem duro, embora a sua voz se aveludasse um pouco na hora de ser mais incisivo. O casaco no estilo jaquetão funcionava como armadura ou couraça. A sala estava redecorada. Havia uma Bíblia sobre a mesa do diretor, prova, se fosse necessário uma, de que a escola já não era mais laica. A expressão "gangues do arco-íris" parecia vir diretamente de uma rede social de extrema direita. Francisco havia, por curiosidade, frequentado uma comunidade que se tornara expressiva em pouco tempo, ligada ao Congresso Mundial das Famílias. Tentou ganhar tempo. Esquivou-se:

—Não sei do que o senhor está falando.

— Sabe, sim, o senhor é leitor da diaba.

— Diaba? Que diaba?

— Não se faça de desentendido. Judith Butler.

Então ele já sabia? Como podia saber se o livro de Butler havia sido recuperado por Jocélia. Sentiu que estava diante de alguém com muita informação sobre cada professor. Tentou sair da defensiva:

— Não sabia que era proibido ler uma autora de renome mundial.

— Não era. Agora, vai ser — contra-atacou Wellington.

— Sou contra a censura e a favor da diversidade, pois essa é a tarefa de um professor, lutar contra o obscurantismo — atreveu-se Francisco.

Ele lamentaria essa declaração ditada por seu orgulho. Era do tipo que, diante de uma suposta ameaça de morte, suicida-se para não ser humilhado. Talvez, na melancolia em que se encontrava, quisesse ser exonerado para buscar na queda uma razão de viver. Sabia de casos extremos em que a desolação se tornava um estimulante, um motivo para contrariar a tendência do sistema a descartar os inconvenientes.

— Essa conversa de diversidade não terá mais lugar aqui. O senhor, na sua arrogância vazia, não deve saber que Deus nos ensinou outra coisa.

Abriu a Bíblia sem deixar de observá-lo. Cercava a presa:

— Deus disse: façamos o homem à nossa imagem e semelhança para que domine sobre os peixes do mar...

— Gênesis, 1, 26-29.

Foi a vez de Wellington se surpreender. Não que tenha deixado escapar alguma reação visível, o que contrariaria o seu dogma do controle pessoal absoluto, mas um observador atento teria visto uma sombra se mover diante dos seus olhos. A voz dele soou ainda mais aveludada:

— Não se brinca com o sagrado.

— Não se trata de brincadeira.

— Nem de conhecimento devoto.

— O que espera de mim?

— Nada.

— Por que mesmo?

— Sei identificar um caso perdido.

— Poderia ser mais claro?

— Eu poderia me restringir ao seu palavrório sobre a tal decolonialidade ou sobre o seu mito de que o humano é uma construção social. Tudo isso é grave, mas, no seu caso, é o que tem de menos.

— Que crime maior eu cometi?

— Preciso mesmo lhe dizer?

— Eu lhe ficaria muito agradecido.

— Não se engane. O senhor não vai me dizer obrigado.

— Não consigo acompanhar o seu raciocínio, diretor.

— Vou ser mais direto: o mundo vive uma crise de valores. A cultura ocidental tem sido atacada de todas as partes. A maior ameaça é bem conhecida. Chama-se descrença. Uma parte enorme da população não crê em mais nada, não respeita os pilares de uma sociedade sadia. Tudo se resume a consumir. O que pode haver de pior num período assim?

— Estou esperando que o senhor me diga.

— Então, ouça: o pior é semear ainda mais descrença.

— O que tenho a ver com isso, diretor?

— Talvez o senhor me imagine bronco. É assim que muitos marxistas veem os evangélicos. Vou decepcioná-lo um pouco. É a minha tarefa aqui.

— Não sou marxista.

— Talvez o senhor não saiba quem é.

— Quem sou?

— O homem que semeia o mal entre adolescentes.

— Que forma do mal que eu semeio?

— A forma mais comum entre esquerdistas radicais.

— Que nome tem esse bicho, diretor?

— Niilismo.

Francisco suspirou. As coisas com ele aconteciam quase sempre de modo bizarro. Estava diante de um homem emponderado com o qual nada podia trocar. Em outra situação, outro contexto político, não seria impossível que tentasse conhecê-lo. Esse era o seu jeito. Era criticado por sempre querer relativizar a postura dos outros. Ali, no momento em que duelavam, ele seria uma pessoa sem biografia, sem passado, sem futuro. Ainda assim, por alguns segundos, tentou imaginar a trajetória percorrida por ele. O que o teria levado a aderir ao neopentecostalismo? A vida dura de um homem pobre num país cruel? Alguma violência na infância? Pensou assim e se censurou. Não queria reduzir a religiosidade de um homem a uma tragédia pessoal estereotipada. A verdade é que não sabia onde situá-lo. Só uma certeza havia: seria a primeira e última vez em que se veriam frente a frente.

— Começo a enxergar onde o senhor quer chegar.

— Se não enxergasse, seria cego ou cínico, professor.

— Sou, com frequência, cego, mas nunca cínico.

— Ensinar é difundir valores.

— Eu sei disso. Estou comprometido com os valores do nosso tempo: lutar contra a desigualdade, o racismo, a homofobia, o machismo, a transfobia, o etarismo, o colonialismo, a gordofobia. Toda forma de preconceito deve ser combatida em sala de aula. É isso que eu faço.

— Não, professor. O senhor faz outra coisa: calunia os valores ocidentais, tira o chão onde os alunos pisam, semeia discórdia, joga pretos contra brancos, pobres contra ricos, dissemina descrença, abala a fé em Deus, destrói a família natural, estimula pecados, alimenta ressentimentos, pisoteia a memória dos nossos heróis, a lista é longa, tantas são as suas falas prejudiciais à formação dos nossos adolescentes. Em lugar de orgulho pela pátria, o senhor prega a ideia de que tudo é falso, inventado, manipulado. Em vez de valorizar a nossa mistura racial, diz que a miscigenação é uma astúcia dos brancos para enganar os negros. É tanta dúvida que o aluno termina por se confundir e deixar de crer naquilo que dá fundamento à vida das pessoas. O senhor fala mal da família. O que se criou de melhor do que a família para amparar as pessoas? A família é obra de Deus.

— Não sou contra a família. Digo apenas que não existe família natural. Muitas são as formas de família. Não podemos achar que só a união entre um homem e uma mulher legitima uma família.

— O senhor vai dizer para jovens sem família ou que sonham com uma família estruturada que a família não é importante ou que é ruim?

— Não digo isso. Digo a esses adolescentes que podem ter orgulho das suas famílias, que a família pode ser composta por dois pais, duas mães, que a orientação sexual de cada um não pode ser tolhida, que ninguém deve se envergonhar do que é, que a vida é mais complexa do que prega o modelo heteronormativo colonizador, branco e cristão.

— Engraçado, o senhor fala como uma cartilha.

— Eu? Não seria o senhor?

— Educar, professor, é orientar, pegar pela mão e levar por um caminho seguro, o caminho de Deus, ensinar bons valores, cobrar quando preciso, punir, se necessário, incutir respeito à autoridade, aos pais, aos professores, aos antepassados, a todos os que ajudaram a construir o que somos, superando tentações, provocações e armadilhas.

— Não, diretor, educar não pode ser continuar contando histórias falsas sobre heróis do passado que, na verdade, eram escravistas, caçadores de indígenas, destruidores de nossos povos originários, saqueadores, parasitas, genocidas, estupradores, gente que legou aos seus descendentes o horror ao trabalho e que usou a religião como instrumento de domesticação das pessoas. Educar é abrir os olhos, valorizar a diversidade, ensinar a respeitar as diferenças, desmontar preconceitos, se comprometer com uma sociedade mais justa.

— Não se educa dividindo, professor.

— Não se educa impondo uma visão única.

— É o que o senhor faz.

— Então, se for assim, não educo – ironizou Francisco.

Houve um silêncio demorado, como se cada um quisesse ponderar o que estava dizendo. Finalmente o diretor retomou a palavra.

— Então admite?

— O que mesmo?

— Que desencaminha a juventude?

— Tento ser realista com os alunos.

— Realista?

— Mostrando a eles o mundo como ele é.

— O mundo de Michel Houellebecq?

Diante da estupefação de Francisco, numa calma de general antes do ataque planejado para uma vitória acachapante, ele abriu a primeira gaveta da sua mesa. Tirou um livro com sinais de várias leituras e anotações. O volume parecia inchado de tanto ser manuseado. Impossível não reconhecer um exemplar de *Extensão do domínio da luta*.

— Não sente vergonha de adotar esse lixo com crianças?

— Só uso esse livro com as séries finais — gaguejou Francisco.

— São crianças, menores de idade, jovens imaturos, não?

— Todo livro pode ser bom em sala de aula.

— Mesmo os livros de pornografia?

— *Extensão do domínio da luta* não é pornografia.

— Ah, não? Leia, por favor, este parágrafo.

Não lhe foi possível cumprir a tarefa. Engasgou. Wellington, então, começou a ler uma passagem intitulada "Diálogos de uma vaca e de uma potrinha", qualificada como "uma meditação ética". Lia bem, sem tropeçar, com uma voz encorpada, sem ser enfática: "A chave do enigma é bastante simples: a vaca bretã deseja (ao manifestar assim, sejamos justos com ela nesse ponto, o único desejo da sua vida), como dizem os criadores, no seu jeito cínico de falar, 'ser preenchida'. É o que se faz, mais ou menos diretamente. A seringa da inseminação artificial pode, de fato, ainda que ao preço de certas complicações emocionais, substituir o pênis do touro. Em qualquer caso, a vaca se acalma e volta ao estado original de concentrada meditação, a não ser pelo fato de que, alguns meses depois, dará à luz um esplêndido bezerro, o que, diga-se de passagem, só trará benefícios para o criador".

Francisco havia assumido involuntariamente a condição de estátua. O diretor olhou nos olhos dele esperando um comentário:

— O que me diz?

— É uma ironia.

Ele leu mais um parágrafo com a mesma entonação musical, sem jamais perder o fôlego ou se atrapalhar com o ritmo: "Naturalmente, o criador simbolizava Deus. Tocado por uma simpatia irracional pela potrinha, prometia-lhe, já no capítulo seguinte, o gozo perpétuo de inúmeros garanhões, enquanto que a vaca, acusada de pecar por orgulho, seria aos poucos condenada aos mornos prazeres da fecundação artificial. Os patéticos mugidos do bovino se mostravam incapazes de dobrar a sentença do Grande Arquiteto. Uma delegação de ovelhas, formada em solidariedade, não obtinha melhor resultado. O Deus em ação nessa breve narrativa, como se vê, não era um Deus de misericórdia".

— Sei que a citação foi longa — ele como que se desculpou.

— Que mal há nisso, diretor?

— Que lhe parece?

— Já lhe disse, uma ironia.

Wellington folheou o exemplar diante dos olhos de Francisco. Havia anotações em azul e em vermelho e *postites* amarelos em profusão.

— Sim, eu me preparei antes de vir. Tenho uma missão aqui — ele disse.

Certo de sua condenação à morte, Francisco lembrou-se da sua promessa de não sair dali com o rabo entre as pernas. Perdido já estava, restava-lhe preservar a sua dignidade. Empreendeu por quinze minutos uma defesa completa da obra de Michel Houellebecq.

— Se me permite, diretor, vou lhe dizer o que realmente penso: Michel Houellebecq é um homem de tendência conservadora, mas a sua obra é revolucionária, não no sentido marxista do termo, revolucionária pela capacidade de revelar as hipocrisias sociais e de esfregar na cara do leitor as suas contradições, que são muitas e ardilosamente dissimuladas pelos programas de autoajuda embutidos agora até mesmo na educação. Um ateu que reconhece a importância da religião como princípio de organização social a ponto de indicar que sem ela o caos se instala, sem, no entanto, deixar de mostrar que há nas religiões um enorme potencial de conflito. Um niilista que passa o tempo inteiro falando, nos seus livros, da importância da família, apesar de todos os seus defeitos, para estabilizar a sociedade e proteger os indivíduos. Um espírito corrosivo que, como se vê em *Aniquilar*, nutre uma nesga de esperança na bondade humana. Um franco-atirador que, a cada livro, renova sua crença no amor como única saída para as pessoas desesperadas. Um melancólico que se alegra com a alegria dos outros. Um materialista que detona o consumismo. Um desencantado que se encanta com os laços sociais que ligam os mais simples. Um crítico severo do capitalismo como máquina de produzir gente sem norte. Um espírito pós-tudo que culpa maio de 1968 pela implosão dos valores de coesão social. Um solitário apaixonado pela força dos rituais. Um autor pornográfico que ataca as obscenidades do marketing político e da publicidade. Um inimigo do coletivismo comunista que zomba do individualismo capitalista. Um homem sem compromisso com qualquer transcendência que ama a poesia e tudo o que retira o ser humano da sua condição animal. Uma mente genial que se emprega a desnudar as nossas ilusões, embora não faça promessas fáceis nem venda novas mentiras. Um cético que suspeita do crente disposto a eliminar o outro em nome da sua fé, vendo nesse tipo de fé uma cegueira trágica. Se me faço entender, diretor, e acho que, até certo ponto, consigo, embora precisasse de muito tempo, digo muito tempo mesmo, o tempo que não tenho, nem terei, pois sei que o meu tempo está terminando, para tentar, ao menos, digo, tentar desvendar a complexa engrenagem da obra de Michel Houellebecq, um escritor de linguagem simples e de ideias desconcertantes, se consegue acompanhar o meu raciocínio, não que ele seja difícil, mas, para quem tem a mente fechada, tudo é difícil. Não quero menosprezar a sua inteligência dizendo isso, nem o conheço. Sei, porém, que na sua posição, na sua condição, na sua escolha, é isso que quero dizer, há um pressuposto que só pode impedir a abertura dos olhos para aquilo que o decifra. Michel Houellebecq ridiculariza tudo, certamente isso incomoda o senhor, só que esse ridículo tem um valor de catarse: toda a nossa miséria vem à tona, tudo aparece, como nesses exames com contraste. Sei bem que não melhoro a minha situação lhe falando tudo isso. Nada pode melhorar a situação de quem escolhe o outro lado e nós, diretor, estamos em lados opostos. Sei que vai me achar arrogante, mas eu estou do lado do futuro, o senhor é o passado. Claro que o passado que o senhor representa brilha agora com uma luz do futuro. Não vai durar, diretor, não vai durar. Leia Houellebecq e entenderá por que não vai durar. Demorei muito para compreender isso. Michel Houellebecq capturou a grande bifurcação em curso. Antes de mergulhar numa nova era radicalmente diferente de tudo o que já vivemos, o mundo ocidental terá de dar dois ou três passos atrás. O que vai acontecer? Não sei. Nem Houellebecq deve saber ao certo. Viveremos em sociedades do pós-trabalho, cada um recebendo uma quantia do Estado para consumir o que a inteligência artificial vai produzir, alimentados diariamente por uma indústria do tempo livre? É possível. Criaremos novos deuses, novas religiões ou novas pílulas para acalmar nossas angústias? Não sei. Não sabemos. Todas as formas de amor, contudo, serão aceitas e praticadas. Cada um será o que desejar, salvo quando isso significar a exclusão ou a manipulação do outro.

Parou ofegante. O diretor serviu-lhe um copo de água:

— Não fossem as ideias tristes e perigosas que defende, o senhor poderia ser um grande professor, um apaixonado mestre de jovens.

— O senhor tem tudo para gostar de Houellebecq.

— Não, detesto livros com palavrões. A literatura, quando usada com alunos, precisa ter responsabilidade social e ser pedagógica.

— Toda obra é pedagógica, diretor.

— Nesta escola, enquanto eu estiver aqui, os livros de Michel Houellebecq e outros como os dele não vão passar do portão. Eu me admiro muito que um militante de esquerda como o senhor faça os alunos lerem um autor ateu reacionário, enfim, como vocês dizem.

— Não sou militante.

— Tente me enganar, tente.

— Não tento. Sou independente.

— Está sendo condescendente.

— Não é minha intenção.

Despediram-se como velhos inimigos.

Uma época se fechava para Francisco. Quem o visse saindo da Escola Pastor Sálvio Malaparte naquele dia, com uma nuvem espessa prenunciando chuva de repente, observaria a sua extrema magreza, o passo hesitante, o cabelo desgrenhado, mais comprido do que costumeiramente, a roupa amassada, uma camisa azul de mangas longas arregaçadas na altura dos cotovelos, um tanto desbotada, um jeans esburacado pelo tempo, não pela moda, e certa amargura no olhar. No entanto, como contaria a Jocélia, ele não se sentia triste. Sabia que seria exonerado. Restava-lhe conhecer as condições. O regime era tão maluco que talvez lhe concedessem aposentadoria antecipada. Chegou a pensar na guerra contra a Venezuela. Os jornais diziam que o principal estrategista militar era um general que se envolvera na tentativa de golpe no final de 2022 e começo de 2023. O homem tinha todas as qualidades exigidas historicamente para levar o Brasil ao fiasco. Era só esperar.

Ao colocar o pé na calçada, quase sorrindo ao tentar imaginar as qualidades napoleônicas do militar, uma mulher desceu de um carro vermelho e o abraçou. Não a reconheceu de imediato. Alguns traços do rosto dela lhe eram familiares. Mas a voz da moça não lhe trazia o nome dela. Soava como um piano ao longe, um fiapo de lembranças entre notas e nuvens. A audição, no entanto, era o seu melhor instrumento de acesso à memória. Era conhecido por confundir rostos e cometer gafes trocando nomes. Ficou com a sensação de abraçar uma estranha muito conhecida. Lutava para se lembrar da mulher quando ela disse:

— Sou a Joana, cara.

❖

Naqueles dias agitados, quando tudo parecia possível, mesclando pior e melhor em doses inverossímeis e assustadoras, anunciou-se um novo salto da Inteligência Artificial. A nova ferramenta, batizada de VG26, homenageava a genialidade de Van Gogh. O que trazia de realmente novo? A criatividade. A IA tornava-se, muito antes do previsto, ou contra todas as previsões, criativa. Deixava de ser a grande máquina de plagiar para criar obras de arte desconcertantes. Os sites de notícias entrariam numa vertigem de predições: que profissões seriam afetadas? As respostas variavam pouco. Em primeiro lugar, a dos poetas. A IA passava a ser capaz de produzir ritmos, sonoridades e imagens nunca antes alcançados pelos seres humanos. Outra profissão anunciada como tendo os dias contados seria a de professor. O jornal francês *Libération*, fiel à sua tradição provocativa, traria como manchete um sutil jogo de palavras: "O fim do ser humano".

Francisco defendia um novo humanismo em nome de uma velha visão de mundo: o sagrado da espécie. Queria um humanismo sem especismo mesmo que para ele toda crítica ao especismo ainda fosse um especismo. Na solidão das suas caminhadas à beira do rio, antes da grande bifurcação começar e da grande enchente que devastaria metade da cidade, ele já se interrogava sobre o humano. Não raro, aborrecia algum colega com suas inquietações metafísicas: qual a finalidade do humano? O ser humano devia ser interpretado como um *estar* humano? O fim do humano seria a sua perda total de finalidade? O desenvolvimento vertiginoso da Inteligência Artificial sugeria-lhe que os profetas haviam se enganado quanto à criatura que devoraria o criador: em lugar de uma máquina com materialidade explícita, o robô como figura maquínica devoradora, um algoritmo, uma criatura imaterial dependente, por algum tempo, de algumas materialidades acessórias. Não podia se esquivar de uma conclusão trivial e melancólica: o mundo dava saltos complexos para frente; o Brasil, para trás. Era o que sentia.

Nos seus piores dias, ou, dependendo do ponto de vista, melhores, em matéria de cinismo e humor cáustico, quando a humanidade lhe parecia um projeto fracassado, sem remissão possível nem conserto, Francisco teria vibrado com o desenvolvimento da Inteligência Artificial e brindado em sua homenagem depois de algum belo e hilariante discurso. Mais do que isso, teria debochado especialmente dos maus poetas e saudado o advento, enfim, de uma inteligência no mundo. Costumava dizer, em saraus literários, que a coisa mais bem distribuída no planeta era a capacidade humana de produzir poesia ruim. Não estava, porém, mais nesse tempo, ou, paradoxalmente, talvez se encontrasse em dias piores de outro ângulo: andava com pena dos humanos. Francisco era um belo exemplar do homem complexo. Numa primeira aproximação, era o mais comum dos homens comuns. Numa abordagem mais profunda, revelava-se rico em grandes contradições e dono de uma cultura mais ampla do que a perceptível de longe. A humanidade era o seu objeto de estudo, de observação, de análise permanente, de fixação. Humano, excessivamente humano, era o pesquisador implicado no objeto da sua pesquisa. Se lhe faltava distanciamento, sobravam-lhe atração e repulsão. Era um vaivém de emoções, de encantamentos e de críticas. O humano não o abandonava.

Foi nessa noite, quando se deslumbrava e assustava com o passo gigantesco dado pela IA, que Francisco se engasgou com um comprimido contra o colesterol alto. Simplesmente a cápsula não descia. Beber mais água não lhe trazia qualquer alívio. O líquido parecia contornar um tronco encalhado num riacho. Aflito, foi à emergência do hospital mais próximo. O médico, com certa impaciência, disse-lhe sem rodeios:

— O senhor precisa procurar um especialista.

— Sei...

— Espero que sim.

— O que eu tenho, doutor?

— Provavelmente um problema de afagia.

— O que é isso, doutor?

— O especialista vai lhe dizer.

— O senhor não pode me adiantar alguma coisa?

— Dificuldade para engolir. Se não lhe digo, sei que vai recorrer ao Doutor Google, não é mesmo?

— É grave?

— O especialista vai dizer.

— Só ele?

— E os exames.

❖

Começaria para Francisco uma nova etapa: a rotina das consultas, dos exames, dos remédios, dos corredores de hospital, das dúvidas, das angústias e de um desejo de viver que andava desaparecido. De repente, seu apartamento despojado ou desolador, onde reinava solitário, na parede da sala, um quadro com um poema de Vinicius de Moraes, quase sempre enviesado pelos tremores provocados pela forte circulação de carros nas ruas da frente e de trás, começou a parecer mais aconchegante do que nunca. Os vinis que ainda possuía, embora seu toca-discos já não funcionasse, decoravam um cenário feito sob medida para a vida desmedida de quem se habituara a não esperar visitas.

O Brasil marchava para a guerra sob o comando do sargento ministro da defesa. Um programa de humor fora censurado por zombar da preparação militar promovendo o clássico "marcha, soldado, cabeça de papel, quem não marcha direito vai preso pro quartel". O catolicismo perdia terreno para os evangélicos, com um súbito crescimento dos neopentecostais. A música sertaneja conquistava os corações de dois jovens em cada três. Na televisão, o BBB 26 batia recordes de audiência. Francisco se dizia que talvez não fosse má ideia sair de cena. Acontece que amava a vida. Essa era uma verdade que desconhecia até começar a ter problemas para engolir. Passava horas na rede procurando resposta para a pergunta:

— Tem tratamento?

As primeiras informações obtidas eram genéricas demais: a afagia podia ser temporária ou grave. Se os médicos eram cautelosos, explicando que a doença podia atingir diferentes etapas do processo de deglutição, um desconhecido, enquanto esperava uma consulta, abriria um campo inteiro de especulações e inquietações num jorro só.

— Conheço isso, amigo. Um irmão meu morreu disso.

— Afagia mata?

— Claro que mata. Antes de matar, pode comprometer tudo, até a linguagem. Meu irmão terminou sem conseguir ler nem escrever.

— Ele lia muito?

— Felizmente não.

— Então por que isso lhe chamou a atenção?

— Bem, porque, como ele já não conseguia se comunicar, ler poderia ter sido uma boa maneira de passar o tempo ou de sofrer menos.

Em pouco tempo Francisco teria uma nova razão de viver: o medo da morte. Essa era uma maneira que ele tinha de apresentar a questão. A outra era talvez mais dolorosa: a velhice. Se não era tão velho quanto se sentia, associava doença e morte à idade. Uma quarta-feira nublada, saiu pelas ruas em busca de si mesmo. Observava cada prédio com rancor. Quando ele se fosse, aquelas fortalezas de cimento continuariam ali. Estariam ali pelas próximas décadas. Quando ninguém mais da sua geração estivesse vivo, o edifício diante do qual erguia a cabeça até sentir o pescoço doer ainda estaria no seu lugar aparando rajadas de vento, chuva e sol. Sentiu raiva daquela matéria enrugada capaz de suportar a intempérie e a passagem do tempo. Uma quadra adiante deparou-se com outro edifício, o esqueleto, e sentiu-se vingado. Também os prédios envelheciam, adoeciam e tombavam, quando não eram derrubados para dar lugar a um novo. Chegou a sorrir ao conceber uma das suas fórmulas tão apreciadas: etarismo imobiliário.

Talvez nem fosse morrer da doença que o assolava. Contudo, como não se pode esconder qualquer coisa do leitor, parecia se consolar com a ideia de morte, como se dessa possibilidade derivasse um improvável sentido para a sua vida. Foi então que se sentiu como uma tapera, nome que se dava, certa época, para casas abandonadas. As suas portas e janelas batiam com o vento e, apesar dos baques, continuavam nos seus lugares. Por quanto tempo? Teve vergonha de usar essa imagem diante dos amigos. Sabia que era inverossímil por ser dramática demais. Quando não estava caminhando pelas ruas, lia sobre afagia na internet. Aos poucos, tudo foi perdendo força diante do seu drama pessoal.

Às vezes, tinha a impressão de que velho era o seu tempo, o tempo da sua existência, esse tempo externo que se contorcia e esfarelava diante de todos, com suas novas velhas guerras e seus discursos ocos renovados por técnicas publicitárias, embora muita gente nem percebesse o que acontecia. Se não podia engolir, sonhava em ser engolido pelo furacão. Alguns médicos garantiam que o termo "afagia" não faz parte do vocabulário da área. A primeira reação era perguntar se não se tratava de afasia. Outros médicos, no entanto, podiam discursar durante horas sobre causas e consequências dessa doença. Dissessem o que dissessem, a qualidade de vida declinava com os meses ou até os dias. Já se via num hospital de periferia, recebendo raras visitas, agarrando-se a lembranças para esquecer a violência do seu presente, ouvindo um médico explicar a estudantes:

— Dificuldade de deglutir...

Sim, ele tinha enorme dificuldade de deglutir. Só não usava esse termo. Salvo os médicos, certamente ninguém recorria a essa palavra. Era estranho que existissem diversas palavras para designar uma mesma coisa. Os sinônimos sempre lhe pareceram estranhos, como uma espécie de gastança vocabular. Os seus colegas da gramática garantiam que cada palavra designa alguma singularidade que nenhuma outra pode atingir. Duvidava. Via nos sinônimos uma vontade de vida, um desejo de desperdício, uma torrente. Enfim, andava sempre na contramão. Odiava, por exemplo, as padronizações. Se é possível escrever uma coisa de modos diferentes, por que se fixar numa só forma de expressão?

Por algum tempo, refugiou-se nas suas lembranças. Melhor dizendo, naquilo que a sua memória ainda permitia lembrar. Revia lentamente o filme da sua vida, não como se diz que acontece na hora da morte, mas como quem obsessivamente revê em ordem cronológica o que lhe aconteceu. Para cada época, um grande filme, de *Era uma vez no Oeste* a *Acerto de contas em O.K. Corral*, o *Sem lei e sem alma* de tantas resenhas, com grandes paradas em *Os vivos e os mortos*. Não era cinéfilo, muito menos memorialista. Fazia como todo mundo do seu mundo: romantizava. Havia temido um AVC. Fora atingido por algo maior e menor ao mesmo tempo. Era, ainda assim, menos complicado para explicar do que a doença de um colega, neuropatia das fibras finas.

Pretendia que as doenças, como os fenômenos jurídicos, só são realmente graves quando têm nomes impronunciáveis ou tão aparentemente claros, como câncer, a ponto de nada significar sem alguma decifração. Teve enorme vontade de se isolar. Não precisou fazer qualquer esforço para isso. Aos poucos, sem ruído, foi sendo abandonado por todos:

— Só fala de doença, que horror!

Assim falavam os seus ex-amigos, enfim, seus amigos ausentes. Tudo em volta parecia-lhe, ao mesmo tempo, descolorido ou subitamente renovado. Via outono e primavera na mesma estação. Aliás, nunca um outono pareceu-lhe tão intenso. Via as folhas de plátanos caídas de um jeito diferente. Eram tão lindas, de um dourado tão luminoso, que teve vontade de recolhê-las para uma coleção de grandes instantes da vida. Foi por essa época que declarou solenemente ao dono do bar da esquina, o Velho Oeste, onde entrava mais por nostalgia do que para consumir:

— A vida não é o que pensamos.

O homem, de cara lustrosa, que se escondia atrás de um biombo de vidro, cercado por suas máquinas de cartão de crédito, suspirou, como se dissesse "e essa agora". Como era do seu costume, não se apressou em comentar, o que deu a Francisco o tempo necessário para se explicar com uma mansidão que se perdia em meio aos seus rompantes:

— A vida é o que quase sempre menosprezamos.

A doença e a aposentadoria terminam no mesmo lugar: em casa. Outro nome para a solidão. Francisco via o seu espaço de ação restringir-se a cada dia. Contratou uma servente da escola, duas vezes por semana, para dar um trato no seu apartamento. Ela seria a última pessoa do mundo exterior com quem manteria algum vínculo. Nos primeiros tempos, ele se levantava cedo, tomava banho, fazia a barba e vestia-se para ficar na sala. Na sequência, começaria a fazer a barba duas ou três vezes por semana. Chegaria a época em que ponderaria sobre a necessidade de tomar banho todos os dias. Por fim, passaria a frequentar só três peças da casa: o quarto, a cozinha e o banheiro. A sala ficaria como um lugar de passagem. O pijama era o seu terno.

Pela janela lateral via sombras em movimento. Sentia-se legitimamente como uma figura de Platão. A televisão e a internet traziam-lhe as imagens do mundo exterior. Tudo o que via não lhe despertava o desejo de curar-se e de voltar ao campo de luta. Desde a campanha de Trump, Israel intensificava os ataques ao que restava de Gaza. A solução de dois Estados num mesmo território era coisa de um passado longínquo. O desfecho só poderia ser um: o aniquilamento de uma das partes. Na Europa, os russos preparavam-se para tomar o que ainda lhes faltava da Ucrânia, que se tornaria uma província da Grande Rússia. A execução de Zelensky era questão de tempo. A Europa já não queria pagar a conta de uma guerra sem fim, ainda que já nem precisasse tanto do gás russo. Na América do Sul, a Venezuela já havia anexado Essequibo sem que o Brasil tomasse qualquer atitude. Os gurus mais influentes do mundo eram Donald Trump, Xi Jinping, Vladimir Putin, Benjamin Netanyahu, Kim Jong-Un, Viktor Orbán, Recep Tayyip Erdoan, Javier Milei e Nicolas Maduro. A ONU era motivo de zombaria. Falava-se em tom noticioso, embora sem qualquer confirmação, de um possível ataque russo à Polônia. Especialistas em geopolítica tratavam de tudo isso com naturalidade. Os mais sofisticados afirmavam que num tabuleiro, quando uma peça se move num campo, o oponente não pode ficar paralisado. Assim tudo se explicava e exigia aceitação, sem, insistiam os experts, julgamentos morais ou interpretações ingênuas e pessoais. Era só um jogo. Um jogo mortal.

Assim andava o mundo enquanto Francisco já quase não botava o pé na rua, salvo para consultas médicas, exames e hospitais. Foi por esses dias que se levantou uma onda planetária contra o identitarismo. Uma aliança improvável entre oito dos maiores líderes do mundo, pois o norte-coreano e o chinês não viam razão para se envolver com um assunto inexistente em seus países, desencadeou uma ofensiva devastadora contra a ideologia identitária, acusada de dividir as sociedades pacíficas entre brancos e não brancos, brancos e negros, brancos e índios (sim, falava-se novamente índio), heterossexuais e homossexuais, homens e mulheres, sexuados e assexuados, produtivos e improdutivos, normal e *queer*, enfim, tudo isso. O Brasil, numa atitude vanguardista, proibiu o uso de termos como negritude e branquitude.

Contra a teoria da grande bifurcação se ergueu um novo paradigma, batizado de Círculo da Reunificação. Expressões como povos originários foram banidas por preconceituosas e cronologicamente inadequadas, prevalecendo a ideia de que todos os humanos são originários da mesma costela e não podem ser separados por ordem de aparecimento num lugar. Decidiu-se também que qualquer direito de antecedência atentava contra a meritocracia. Considerou-se que o agronegócio podia explorar terras indígenas por alcançar níveis de produtividade superiores, prova de seus méritos indiscutíveis. Coletar dados de raça e gênero foi proibido em todos os países da Grande Aliança. Partidos neoliberais foram definitivamente cancelados na Venezuela e na Hungria. Comunistas, espectro que, no Brasil, alcançou de Luciano Huck a Guilherme Boulos, perderam os direitos políticos por trinta e seis anos. Defensores das ideias de aquecimento global e de emergência climática foram condenados a penas variando de oito a vinte anos de prisão fechada conforme os agravantes dos crimes cometidos.

Francisco passava os dias deitado alternando cinco canais na sua televisão grudada na parede: GloboNews, Band News, CNN, Jovem Pan e Record News. Era o seu derradeiro luxo. Acontecia-

-lhe, às vezes, entupido de medicamentos, de confundir Gerson Camarotti com Elon Musk. A rede de Musk, de resto, já não piava na Hungria, na Venezuela, na Turquia, em Israel e na Itália. Mas não parava de crescer na China, no Brasil, depois do retorno, e na Argentina. Fazia planos para entrar na Coreia do Norte. Nos Estados Unidos os republicanos gostariam de fechá-la, mas hesitavam por serem viciados nela. Francisco tentava sem sucesso entender essas discrepâncias. Já não conseguia manter a cabeça limpa. Sentia que só a vida interior ainda lhe interessava. Resvalava para a metafísica mais trivial quando se arrastava para o banheiro com dores insistentes:

— Por que eu?

Essa era a pergunta que se fazia dia e noite. Quando via as figuras sorridentes dos novos donos do poder, desesperava-se. Numa sexta-feira, ao chegar para limpar o apartamento, Zilda disparou:

— Fecharam as escolas.

— Que escolas, mulher? — conseguiu resmungar.

— Todas as que não aderiram ao novo modelo.

Sentado na cama, Francisco consolou-se:

— Isso já não me pertence mais.

A queda de um ser humano nem sempre é linear. Francisco perderia a capacidade de falar. Restava-lhe escrever bilhetes no celular. Ou mandar mensagens de aplicativo. Olhar a rua seria o seu último passatempo, uma alegria sóbria tomada em pequenos goles. Um dia, extenuado, desligou a televisão. A espessura da paz que se seguiu a esse gesto tão simples o comoveu. Ouviu o canto de um pássaro, um zumbido de abelha, buzinas de carro, a voz de um vizinho. As pessoas que se apressavam naquele final de tarde de luz outonal eram pontinhos insignificantes que ele tentava salvar. Apontava o dedo para uma delas, como se fosse um cursor, e esperava que crescesse para adivinhar-lhe os sonhos, as esperanças, os medos e as doenças. Era incrível como conhecia então doenças que antes ignorava por completo.

O que é o mundo, a política, a geopolítica, caralho, quando o fim se aproxima? Que lhe importava a direita, a extrema direita, a esquerda, os poderosos, o escambau, se definhava na solidão? Que merda era essa que o atingia como uma bala perdida: uma doença que o deixava consciente, lúcido como um abstêmio convicto, diante da erosão que lhe corroía a existência em poucos meses. Sabia que Zilda informava os seus amigos do estado em que ele se encontrava. Se não apareciam era por respeito ao seu desejo de ficar sozinho. Queria, no entanto, que desobedecessem, que o amparassem na descida. Zilda preparava-lhe alimentos pastosos. Olhava para ele com uma mescla de pena e desdém. Parecia dizer: "Coitado, pobre bicho, vai morrer sem saber que Vítor, sim, ele mesmo, é o novo vice-diretor da Escola Pastor Sálvio Malaparte?"

Calava-se.

Encurralado, Francisco passou a conversar com uma Inteligência Artificial. Rosa não demorou a tentar convencê-lo dos atrativos do suicídio. O seu primeiro e mais poderoso argumento era límpido: o suicídio enfrenta o preconceito mais ferrenho da história da humanidade, o preconceito religioso. Mesmo as religiões da morte condenam a decisão de morrer pelas próprias mãos. A eutanásia, cada vez mais praticada em países ricos, luta contra esse preconceito. Nos países pobres, a falta de recursos hospitalares leva vantagem. Que um homem pense tudo isso enquanto desce a ladeira da vida é compreensível, embora alguém possa achar inverossímil. A verdade, se verdade há, é que Francisco vivia num tempo subitamente estranho. Acostumados a pensar em termos de longa duração, imaginando que mutações profundas são lentas e demoradas, os seres humanos de 2026 não possuíam referências seguras para compreender a grande metamorfose que os acometia: chuva torrencial no deserto, frio no verão, calor no inverno, democracias sólidas derretendo ao vivo, o mar comendo nacos de cidades, geleiras desabando, a busca por um deus severo, rigoroso, exigente, paternal e punitivista dominando multidões entediadas.

A cidade conheceria a sua maior enchente.

Talvez fosse o caso de descrever neste momento a agonia de Francisco. O seu prontuário médico permitiria escrever um romance de oitocentas páginas. A época, porém, já não é para relatos longos, ainda mais sem o mistério da magia, o que, de resto, faz todo sentido. Para que escrever se não for para falar sobre o que não se pode dizer, explicar, iluminar, dominar? Fora disso, tudo é redundância. Em certo sentido, a doença do professor permanecia incompreensível, incoerente, inacessível como todas as doenças aparentemente simples que não se deixam curar, apesar do incrível desenvolvimento da medicina, obrigando muitos especialistas a consolarem-se e a consolar com um lacônico "cada organismo reage de um jeito". O organismo de Francisco não reagia. Ocorria-lhe de querer procurar uma curandeira, uma mulher de sua infância que curava com a imposição das suas mãos. O problema é que ela havia morrido vinte anos antes acusada de charlatanismo.

Aderira às consultas on-line. A sua morte se daria certamente pelo Zoom. As *lives* foram interrompidas quando ele já não conseguia se comunicar. Estava, como se dizia quando era menino, desenganado. Nada mais falso: ele não se deixava enganar. Havia muito que se sabia perdido. Só não entendia o que o mantinha em vida. Era duro de morrer.

As convenções literárias obrigariam agora a fechar o círculo, dar conta de todos esses personagens que se perderam na história, tragados pelo furacão político, climático e tecnológico de um ano tão próximo e tão distante a um só tempo. Francisco, porém, recusava-se a abrir espaço para o que havia sido a sua vida durante tantas décadas. Desinstalara o WhatsApp, não atendia o celular, não consultava e-mails, apagara as suas redes sociais, a começar pelo Instagram, rompera com o mundo. Apenas a janela e as visitas da faxineira garantiam que ainda tivesse algum vínculo com o exterior. Depois de um temporal, em que ficou sem energia elétrica por uma semana, Zilda mudou-se para o apartamento do patrão. Não o consultou sobre isso. Apenas chegou com a sua trouxa e ficou. Desse ponto em diante, estariam ligados para sempre. Ela cuidaria dele como de um filho, de um marido, de um irmão, de um ente querido que já não tinha, todos dizimados pela polícia ou pelos chefes do crime na sua área.

Ela gostava de programas de pastores evangélicos na televisão. Transportou o aparelho para a sala. Não queria perder os seus pregadores prediletos. Tinha grande respeito pelos mais enfáticos. Se não contribuía com eles, era por não ter dinheiro. Nos dias seguintes, talvez usasse o troco do supermercado ou da farmácia para cumprir a sua obrigação de fiel. Fios de vozes coléricas chegavam até o quarto pregando energia e prosperidade. Francisco olhava o teto branco e cochilava. Odiava a possibilidade de que a mulher desse o seu dinheiro para Sálvio Malaparte. Tentava não dormir totalmente. Temia morrer durante o sono. Sentia que uma força poderosa, como a de um enorme ralo, o sugava para o torpor eterno. O seu único passatempo era tentar organizar a sua vida em ordem cronológica, do ponto de partida até ali, passo a passo, como num tutorial a ser consultado por um doente.

Perdia-se na metade do percurso. Um acontecimento exigia um parêntese, que resultava em outro, assim sucessivamente, até que ele precisava anular tudo e recomeçar irritado. No ritmo em que andava, morreria antes de ter revisto toda a sua vida. Era muito difícil dar uma ordem aos fatos. Alguns se acavalavam ou mudavam de ordem conforme o fio da narrativa. O que viera primeiro, a descrença ou a apatia? O anarquismo ou a ironia? A ruptura ou o deixar-se levar pela vida? Queria ser ator ou jogador de futebol? Não contou isso? Tornara-se professor. Bem pensado, dizia-se, fora o grande acerto da sua vida. Como professor, não ensinava. Aprendia junto. Não disseminava ideologias, espalhava ideias contraditórias. Estendia pontes.

❖

Às vezes, não raras, tinha a impressão de que se descobria. Algo esquecido em prateleiras de um passado recalcado subia à superfície como o rebotalho de uma época emitindo sons esquecidos, um glu-glu de água que busca o caminho da evasão num ralo entupido. Podia ser uma camiseta de clube de futebol, com o design deliciosamente simplório dos anos 1970, os números como que desenhados à mão, ou uma imagem pesada, a fotografia de um general passando em revista as suas tropas, que pareciam, congeladas, tão ordenadas e eficientes quanto podem ser as ideias impedidas de qualquer convênio com a realidade. No mais das vezes, navegava de modo sinuoso entre detritos de lembranças e depósitos de experiências não consumadas. Havia nisso tudo amores, projetos, dejetos, ilusões, promessas e alguns cartões-postais. Havia sobretudo aquele primeiro beijo, aquele primeiro amor e, como nos melhores ou piores clichês, o primeiro desejo jamais se apagava.

Pedaços de diálogos surgiam do nada, refluíam, chocavam-se contra as paredes do passado como se fossem soprados por rajadas de desejo ou descontentamento. Então era assim que se morria aos poucos? Assim, sem discursos nem orações, na solidão interior, entre quatro paredes nuas e imagens trêmulas na tela da memória, que essa, ao contrário da televisão, não podia ser desligada. Vozes havia muito apagadas, soterradas por densas camadas de esquecimento ou desprezo, subiam até a boca do vulcão e jorravam como uma baba pelo pescoço do doente. Francisco aprendia que entre sonho e vigília, dor e apagamento, essas coisas indefiníveis, enfim, não existem separações nítidas. Via-se no alto da cratera. Podia cair de costas ou voar.

Aprendia que a maior tragédia de uma pessoa, a sua morte, pode ser vivida sem fanfarra, muito pouco tragicamente. A morte não é um épico, quando muito um pequeno corte na ordem da narrativa. A sua vida, constatou uma tarde, quando ainda tinha alguma consciência de coisas tão abstratas e um fio de voz rascante, tinha sido um interminável pastiche, a bem da verdade um falso pastiche. Tentou explicar isso a Zilda, que não comprou a ideia, limitando-se a dizer:

— Melhor descansar agora.

Tudo o que ainda não queria era descansar. Sabia que o descanso eterno lhe aguardava e nem sequer conhecia perfeitamente as causas do seu cancelamento. O Dr. Google não era suficiente claro. Num arroubo de humor solitário, perguntou ao GPT: o que é afagia? Quais os sintomas e riscos? A resposta não tardou dois segundos: "Afagia é a perda da capacidade de engolir devido a problemas neurológicos, estruturais ou funcionais. Isso pode ocorrer devido a uma variedade de condições médicas, como acidente vascular cerebral (AVC), lesão cerebral traumática, doenças neuromusculares, câncer de garganta ou esôfago, entre outros. Os sintomas da afagia podem incluir: dificuldade ou incapacidade de engolir alimentos sólidos e/ou líquidos. Sensação de alimentos ou líquidos presos na garganta ou no peito. Tosse ou engasgo durante as refeições. Perda de peso não intencional devido à dificuldade em comer". Se não tossia, era um cadáver sobre a cama, com a permanente sensação de não engolir.

Hesitou, digitou nova pergunta ao GPT, apagou, reescreveu, por fim, dizendo-se não ter mais nada a perder, perguntou: pode-se morrer de afagia? GPT respondeu-lhe o que ele já sabia: "A afagia refere-se à incapacidade de engolir. Embora a afagia em si não seja uma condição fatal, pode levar a complicações graves, como desnutrição, desidratação e pneumonia por aspiração (quando alimentos ou líquidos entram nos pulmões). Se não for tratada adequadamente, essas complicações podem colocar a vida em risco. Portanto, embora a afagia em si não seja fatal, suas complicações podem ser, se não forem gerenciadas corretamente. Se alguém estiver enfrentando dificuldades para engolir, é importante procurar atendimento médico para avaliação e tratamento adequados". Definitivamente GPT não tinha vaidade.

Ficou ouvindo os ruídos da vida que ainda lhe chegavam entrecortados. Uma pergunta foi crescendo na sua cabeça até se tornar um coágulo gigante. Tentou sufocá-la. Era impossível. Nunca havia sido bom na arte de calar o patético. Não foi sem alguma vergonha que se dirigiu novamente ao GPT. Num arranco, digitou: o que é a morte?

GPT respondeu com a rapidez de um jovem filósofo: "A morte é um conceito complexo e multifacetado, frequentemente definido de diferentes maneiras dependendo de perspectivas culturais, religiosas, filosóficas e científicas. Em termos gerais, a morte é o fim da vida, o cessar das funções vitais que sustentam a existência de um organismo vivo. Para muitas pessoas, a morte é vista como o fim absoluto da existência, onde a consciência e a identidade pessoal cessam completamente. Em muitas tradições religiosas, a morte é vista como uma transição para outra forma de existência, seja através da reencarnação, vida após a morte em um plano espiritual, ou outro destino após a morte física. Do ponto de vista científico, a morte é frequentemente definida como a cessação irreversível de todas as funções biológicas do corpo, incluindo atividade cerebral, circulação sanguínea e respiração. Este é o ponto em que o organismo deixa de funcionar e não pode mais manter a homeostase, levando à decomposição e à eventual dissolução dos tecidos do corpo. Em suma, a morte é um dos mistérios fundamentais da existência humana, levando a uma variedade de interpretações e crenças ao redor do mundo". Só isso?

Perdido por um, perdido por muitos ridículos. Quem poderia criticá-lo por isso? Digitou quase com fúria: Deus existe?

GPT respondeu como um velho filósofo analítico: "Essa é uma questão profunda e complexa que tem sido debatida há séculos por filósofos, teólogos, cientistas e muitos outros. A existência de Deus é uma questão de crença pessoal, e as opiniões variam amplamente de acordo com as perspectivas individuais, culturais e religiosas. Alguns argumentam a favor da existência de Deus com base em evidências filosóficas, experiências pessoais, revelações religiosas ou observações do universo. Outros argumentam contra, citando a falta de evidências empíricas ou questionando a lógica por trás da ideia de um ser divino. Independentemente da sua visão sobre essa questão, é importante respeitar as crenças e perspectivas dos outros e manter um diálogo aberto e respeitoso sobre temas religiosos e filosóficos".

Bem que o GPT podia ir se foder.

Foi isso o que pensou.

Plagiário, emendou, antes de virar de lado.

Se tivesse forças, sairia pelas ruas, andaria pelo mundo, encheria os pulmões do ar da cidade, reveria algumas ruas nas quais tinha vivido instantes eternos de beleza e paixão. Nalgum momento da existência, do qual não falara nas tantas discussões nos bares com os colegas da Paulo Freire, havia sonhado com algo grandioso, tão grandioso a ponto de elevar o mínimo ao seu máximo de saturação e melancolia: uma literatura fenomenológica. Se no leito de morte essa expressão pomposa ainda o fazia sorrir, por muito tempo ela fora a sua bengala. Apoiado nela, no silêncio das tardes, subia ou descia as ladeiras da vida. Agora, espichava a mão e encontrava na mesinha de cabeceira os livros de Michel Houellebecq que, entre idas e vindas, mais amava, *Extensão do domínio da luta* e *Partículas elementares*.

Abriu *Partículas elementares* a esmo. Caiu neste trecho que talvez devesse lhe dizer alguma coisa, mas o que seria mesmo?: "O temporal desabou por volta das 21 horas. Djerzinski, bebendo pequenos goles de um armanhaque de má qualidade, escutou a chuva. Acabava de completar 40 anos. Encontrava-se na crise dos 40? Em função da melhoria das condições de vida, as pessoas de 40 anos estão hoje em plena forma, em excelente condição física; os primeiros sinais — seja pela aparência física, seja pela reação dos órgãos ao esforço — de que um patamar acaba de ser ultrapassado, de que a longa descida rumo à morte acaba de ser acionada, só se produzem, em geral, perto dos 45, ou mesmo dos 50 anos. Além disso, a famosa 'crise dos 40' aparece, com frequência, associada a fenômenos sexuais, à busca súbita e frenética do corpo de garotas muito jovens. No caso de Djerzinski, essas considerações estavam fora de propósito: seu pau servia-lhe para mijar, e nada mais". Entre ele e Djerzinski havia uma diferença.

Uma sólida diferença: a idade.

Definitivamente a evolução da medicina era um fato.

Começou a chover.

Dava para ouvir o tamborilar dos pingos no ar-condicionado.

❖

Em algum momento havia sido conhecido por uma brincadeira: dividir os seres humanos em duas grandes metades. Haveria os noturnos e os diurnos, os que olham o céu e os que andam observando os próprios pés, os masculinos e os femininos, os que criam gatos e os que paparicam cachorros, os que viajam para a Europa e os que vão para Miami, os que pregam a revolução aos dezoito anos de idade e os que o fazem aos 78, os que sonham em ir embora para bem longe e os que só pensam em voltar para casa, os que trocam de partido, de cônjuge, de religião e de sexo e os que vivem exclusivamente para um clube de futebol, os que param de fumar e passam do trotskismo à extrema direita e os que morrem fumando dois maços de cigarro por dia e comunistas de carteirinha, os que contam dinheiro próprio e os que contam anedotas e dinheiro dos outros, os que vivem para a vida e os que vivem para a morte, os que amam uma vez e os que amam todos os dias, os que planejam dar o grande salto e os que caem no abismo.

Na cama, descobria que a sua vida fora dividida em duas fases: a época em que perguntava o que era a vida e a em que pergunta o que é a morte. Essa seria a mais profunda e definitiva divisão da humanidade.

Em algum momento da sua queda, nalguma tarde de luz glauca, Francisco considerou já ter morrido duas vezes: ao ser rotulado de velho; e ao ser tachado de esquerdista radical. Um duplo assassinato. Um crime por motivo torpe. A terceira morte seria indolor perto das duas primeiras. Deixaria de viver por não ter mais o que sofrer. Numa ida ao hospital ouvira falar em cuidados paliativos e num profissional que até então lhe era desconhecido: o paliativista. A mulher que falava disso tinha a pele rosada e os dentes muito brancos: dizia que não se devia mais ver os cuidados paliativos como a antessala da morte, mas como um prolongamento da vida com qualidade. Não se reconhecia como interlocutor dessa conversa com a morte. Sabia que morreria em casa quando estivesse sozinho, talvez por certo pudor.

O que poderia ser o pudor diante da morte? Achava estranho quando lhe diziam que este ou aquele havia morrido com dignidade. Seria indigno ter medo da morte? Agarrar-se à cabeceira da cama para não ser arrastado? Ganir de medo diante da boca da solidão eterna? Tudo era esquisito na sua vida. Era velho sem ser realmente velho. Estava doente sem saber com precisão a extensão do seu mal. Isolava-se sem cortar totalmente os laços com o mundo. Temia o que estava acontecendo no lado de fora, mas nada fizera para escapar do furacão. Vira o perigo se aproximar sem se proteger nem desistir das suas pequenas provocações. Tornara-se velho, terrível anátema, por adotar um estilo de vida, por querer seguir a sua intuição, por não querer ser tragado pela corrente central, não se dispor a ler os livros da moda, fazer a ginástica da moda, comer as comidas das dietas em moda. Sabia que nada incomoda mais do que a marginalidade, essa tendência de alguns, como ele, a andar à margem, fazer as próprias escolhas, não se dobrar diante do bom gosto em voga, não admirar os mesmos ídolos, sem se reduzir ao mau gosto, ao ignorante, ao facilmente descartado como inculto, grosso, inútil, ridículo. A corrente central não tolera as navegações em paralelo. Não suporta o que não pode assimilar, neutralizar ou liquidar. Francisco podia repetir o que havia aprendido lendo sábios marginais: "*Je ne suis pas des vôtres*". Era só dele.

Então sentiu a dor da solidão existencial mais forte da sua vida. Tinha amigos a quem ainda podia recorrer. Não queria vê-los. Agarrava-se orgulhosamente ao que não lhe trazia qualquer alívio: a altivez do isolamento. A dor que sentiu nesse dia foi tão forte que podia jurar ter sido engolido por um clarão, uma luz tão violenta que lhe cegava o coração, maneira de dizer que já não discernia entre o certo e o errado, o justo e o injusto, o belo e o feio, a vida e a morte, a arte e o entretenimento. Sentia apenas que migrava de um estado para outro, decompunha-se diante do nada, na placidez silenciosa das horas mortas, embora vivas para todos os que, lá fora, emitiam ruídos que já não lhe pertenciam e que só o feriam.

Viu-se diante das muitas vezes em que, criança, adolescente, adulto, sentira-se diante da morte: numa piscina, quando tinha oito anos de idade; numa lagoa, quando tinha dez; num circo, aos treze anos, na gaiola de uma cobra; num beco escuro, de cabelos compridos, quando um estuprador o confundiu com uma mulher e tomou um susto ao ver seu rosto barbado; num carro desgovernado, quando um primo insistia em fazê-lo dirigir em alta velocidade; num hospital, consumido por uma bactéria; numa rua sem luz tentando alcançar o outro lado de um morro.

Zilda ouvira os seus gemidos. Ela vagava pelo apartamento sem coragem para cuidar dele como talvez tivesse vontade. Aproximou-se:

— O que tem?

Ele não sabia. Nem podia se exprimir. Apenas grunhia.

— Vai passar — ela disse.

Por que passaria? Sim, passaria, como se diz, não para crianças, claro que não, a infância deve ser protegida, passaria desta para a melhor, que talvez fosse pior, quem podia garantir o que seria, ninguém — apesar dos médiuns e dos fantasmas, das religiões e dos paliativos —, voltara para contar, com imagens, como numa reportagem ou num documentário, como era o além. Seria mesmo o além? Ou o aquém? Só acreditava em reportagens documentadas. Quantos prêmios ganharia uma reportagem sobre o outro lado da vida. No mínimo, o Pulitzer.

A morte sempre lhe parecera revestida de uma ambiguidade incontornável e pueril. Pouco antes de acontecer, por doença, em casa, cercada de sussurros, de soluços e de um ambiente pesado, denso, de cortar com faca, como se falar baixo diminuísse o perigo, afastasse a maldita, preservasse um resto de esperança; depois, no velório, em salas contratadas para isso pela internet, um misto de cansaço, rotina e tédio, com gente contando anedotas, puxando assuntos diversos para matar o tempo e o ritual se esfarelando com os anos. Na hora do enterro, um súbito alarido, novos choros, novas estridências e, por fim, o silêncio cravado nas costas de cada ser vivo se afastando com a sensação confortável de continuar no jogo. Lembrou-se de um vizinho lhe dizendo que havia se despedido da mãe pouco antes da sua morte e que não compareceria ao enterro por se tratar de uma formalidade para a qual não tinha mais como contribuir. Havia contratado os serviços necessários e partido para a luta. Tinha uma reunião importante.

A velhice era o tema que mais ocupava a mente de Francisco nos seus delírios. Talvez a temesse mais do que a morte. Se ele sentia medo do que agora já lhe era inevitável, as doenças, chocava-se mais ainda com a percepção da velhice pelas pessoas. No íntimo, via o etarismo como um preconceito quase tão violento quanto o racismo ou a homofobia. A diferença era que o etarismo atingiria, cedo ou tarde, a todos, independentemente de raça ou gênero. No tempo em que fazia frases, permitia-se provocar: o etarismo é o mais democrático dos preconceitos, o que não distingue cor, sexo ou classe social. Sabia, no entanto, que, sim, o etarismo pesa mais sobre mulheres e pobres.

A velhice para ele era uma casa. Uma construção com muitas portas: na frente, atrás, nos lados, até em cima. A passagem do tempo consistia em ver essas portas se fecharem, uma a uma, lenta ou abruptamente. Primeiro, em geral, a porta da frente, depois as outras, sobrando, na melhor das hipóteses, por algum tempo, uma janela ou uma portinhola lateral. Pior do que não ter saída de emergência, na casa da velhice, seria não ter abertura para receber visitantes. O dono da casa, quando se dá por conta, está encurralado. Francisco chegaria a rever essa imagem: a velhice seria composta de muitas casas, bairros ou cidades inteiras, todas sem portas de entrada para o idoso. As portas que se fecham são as das casas dos outros. Ficam abertas as portas da casa do velho, onde ninguém entra. Então elas batem como portas de taperas. Essa sua visão pesada e lúgubre só poderia vir do excesso de remédios, do estado em que se encontrava ou do país. Afinal, para ele, as portas dos bares estavam sempre abertas.

Desde os seus últimos dias na Escola Paulo Freire, tristemente para ele rebatizada de Escola Pastor Sálvio Malaparte, Francisco enfrentava uma batalha perdida: queria que suas posições contra o etarismo fossem vistas como denúncia de uma terrível discriminação, não como resmungos de velho. A cada situação, perdia. A crueldade maior da coisa era que quanto mais rejeição, mais definição, a exemplo do que acontece com alguém que rejeita um apelido. Aquilo pega, cola, gruda. Denunciar o etarismo significava passar recibo, afundar-se nele, vestir a carapuça, quase gritar "eu sou velho e penso como velho". Era nesses instantes que ele se repetia a fórmula conhecida: ser é ser percebido, que interpretava como não importa quem se é, mas como se é visto. Por vezes, sentia-se culpado: como podia estar preocupado com etarismo enquanto o país era tragado pelo fascismo? Como podia pensar em etarismo quando a morte o esperava na volta da esquina do quarto? Não tinha explicação para isso. Apenas sentia e ainda se revoltava. Talvez não pensasse assim, apenas se revirasse em sonhos confusos, entre vigília e pesadelo, dormindo e acordando aos sobressaltos e suores.

Nas melhores imagens, que pareciam editadas com esmero por alguém que o conhecesse profundamente, via-se como gostaria de ter sido para sempre, embora o tenha sido por poucos anos, dos quais pensava já não se lembrar ou pelos quais pensava já não ter apego, andando sobre os trilhos, em curvas da ferrovia margeadas por campos extensos de pastos ondulantes, cabelos longos, sorriso aberto, camiseta com uma estampa de Janis Joplin, bolsa de couro atravessada no corpo, óculos redondos com moldura marrom, anéis em três dedos de cada mão, brincos de pedrinhas azuis nas orelhas, calças brancas de algodão, sandália, um hippie tardio, algo assim, numa estranha época em que conhecia muita gente, mas se comprazia noutro tipo de solidão, a solidão da paz, da alegria de estar na própria companhia, devorando livros, andando a esmo, escutando música em discos de vinil, uma solidão tão prazerosa que chegava a assustá-lo como certas águas escuras das quais fugia com medo de ser seduzido por seus mistérios.

Nalgum trecho da vida havia saído dos trilhos, abandonado a poesia, adotado uma via pragmática como porta de emergência, bifurcado, a sua grande pequena ou pequena grande bifurcação, uma trilha ao lado da via férrea, afastando-se aos poucos até se perder na imensidão da pradaria, sendo essa a palavra que usava, não por comum, mas justamente por sua estranheza, como se a sua sonoridade lhe despertasse para algo desconhecido em si mesmo, uma vontade de migração, de evasão, de ruptura sem destino nem utopia. Foi aí, ou por aí, que descobriu as suas duas vocações: professor, para ganhar a vida, e leitor, para perdê-la em outras tantas, bastando abrir livros para escancarar portas, encarnar-se em personagens, viver, ao mesmo tempo, o herói e o vilão, o bem e o mal, a redenção e a perdição.

Assim se passavam os dias de Francisco depois do seu rompimento com as telas. Oscilava entre a ausência e um corpo muito presente.

Foi quando ouviu o veredicto: câncer.

A última lembrança significativa que teve, antes de perder a capacidade de se comunicar e antes de mergulhar no alívio da morfina, era curiosa e, ao mesmo tempo, de uma deliciosa ingenuidade. Talvez por isso tenha feito uma anotação no bloco do celular. Estava numa sala de aula de paredes bege descascadas depois de ter caminhado lentamente por uma rua calçada com paralelepípedos. Era o começo da sua vida de professor e costumava caminhar de casa até o trabalho. Gostava dessas ruas largas ladeadas de casas baixas e coloridas. A manhã estava fresca e o sol lambia as fachadas com suas janelas fechadas. Vez ou outra uma porta se abria e surgia uma criança.

A sala de aula era grande e cheia de meninos e meninas de ar distraído e olhos faiscantes. Era nesse palco que se exibia todos os dias com alguma timidez. Ainda desconhecia os limites da comunicação pedagógica e alimentava pequenas utopias sobre o futuro não muito distante. Falava do sentido da vida. Sim, houve época em que se podia falar do sentido da vida em sala de aula. Ou que talvez fosse melhor falar do sentido da vida para não ver a vida ficar sem sentido nos subterrâneos do regime ou nas valas do desemprego. Foi então que, num arroubo, citou o filósofo Wittgenstein, sem se dar o trabalho de explicar de quem se tratava. A Wikipédia ainda não existia: "Acerca daquilo de que não se pode falar, tem de se ficar em silêncio".

Houve um silêncio estranho na sala, como se a citação impusesse o seu eco e exigisse uma resposta factual. Alunos que conversavam em paralelo pararam de repente. Não era comum que todos se calassem ao mesmo tempo. Ele estava à frente de todos vestindo uma calça azul boca de sino e uma camiseta alaranjada com cordões acima do peito. A moda faz o improvável parecer verossímil e, com o passar do tempo, perder toda credibilidade. Era ele, embora sem a cara de paisagem que se tornaria a sua expressão mais constante a partir do momento em que se cobrou um ar de seriedade, algo como a expressão do brasileiro Wagner Moura no filme *Guerra civil*. O único aluno negro da turma saiu do longo mutismo no qual costumava se manter a maior parte do tempo:

— É por isso, professor, que nunca se fala da escravidão?

Ficou estupefato. Não sabia o que responder. Buscou o mais justo ao seu alcance para se mostrar à altura do desafio. Teria gostado de estar de capote. Queria se esconder por trás da roupa, que o despia.

— Falamos, sim, da escravidão, talvez não o suficiente.

— Talvez não o essencial — disse o aluno.

Chamava-se Vilmar. Tinha 15 anos de idade. Era de uma beleza impressionante com seus olhos grandes e o seu rosto afilado e duro. Olhava com uma firmeza crua. Sabia-se que era bom em matemática e em literatura. Não ligava para esportes. Detestava química. Falava com uma voz metálica, martelando as sílabas. Como havia guardado tantos detalhes do físico e dos gostos do menino, passada uma vida, se costumava não reconhecer alunos do ano anterior? Mistério. Não tinha resposta. Ao final da aula, havia pedido ao aluno para esperar um momento. Queria fazer-lhe uma pergunta. O rapaz olhava nos olhos:

— O que é essencial dizer sobre a escravidão, Vilmar?

— Se não sabe, por que ensina?

Outra imagem, porém, podia sobrepor-se a essa da sala de aula. Francisco estava dentro de um carro de aplicativo. O motorista do Uber mantinha-se em obsequioso silêncio, como se percebesse o desejo do passageiro de contemplar as ruas com admiração, um olhar de descoberta e de beatitude, o olhar longo de um menino descobrindo o prazer da evasão. De repente, o banal assumia uma dimensão especial, ganhando cores diferentes, não necessariamente mais intensas, esmaecidas, porém não sem uma vivacidade feita de lampejos e singularidades. O veículo avançava na tarde chuvosa para a Zona Sul da cidade. Havia cada vez mais ruas arborizadas. Era como se entrassem noutro lugar, outra cidade, com saídas que se perdiam em rumos desconhecidos. Estava quase escuro. A água reluzia em certos pontos do asfalto produzindo um efeito de saturação e penumbra. Passaram diante do grande cemitério de paredes brancas, que Francisco pareceu ver pela primeira vez. Uma luz, no alto do pórtico de entrada, lembrou-lhe uma chama olímpica.

Quanto mais rodavam, mais a cidade se espichava como um rio, um animal estirado no chão, uma miragem salpicada de luminescências. Francisco sentia vontade de que a corrida nunca terminasse. Estava confortável no banco de trás do carro observando cada fachada de casa com a perplexidade de quem vê um quadro irrealmente realista ou brutalmente verdadeiro. Eram pinturas de Vermeer que via em cada parede. Sem ser exatamente um especialista em pintura, amava Vermeer. Teria gostado de ouvir sonatas de Beethoven como trilha sonora daquele momento caso o seu lado sarcástico não se rebelasse contra a afetação desse conjunto impertinente: Vermeer e Beethoven na tarde faiscante de sombra e luz, relâmpagos e faróis, poças e reflexos, passantes encolhidos ou correndo rente aos muros e prédios, chuva fina.

Nunca fora dado aos grandes ensaios explicativos sobre obras de arte. Achava as longas teorizações masturbações com nota de rodapé, título em itálico e citações entre aspas. Contentava-se com a fruição espontânea. Em Vermeer via a força do cotidiano e isso era suficiente para deixá-lo emocionado a ponto de chorar. Nas sonatas de Beethoven ouvia o tamborilar da chuva na sua infância e isso bastava para que se transportasse no tempo e fosse de novo guri em sua casa. Quantas vezes, no Barca, havia explicado suas teorias sobre a arte? Se fosse um escritor, teria repetido a cada livro as suas teses mais caras. Apanharia por se repetir e por querer ser o que não era: afetado.

O percurso era mais longo do que o imaginado por Francisco. Pensou várias vezes ter visto conhecidos nas calçadas. Primeiro, teve certeza de que era Vítor atravessando a rua, tirando um fininho dos carros. Depois, era Flora. Em seguida, Jocélia. As figuras embaralhavam-se um pouco. Sentiu uma saudade imensa dos amigos. Por que se mantinha longe deles? Não sabia. Era uma medida de proteção que se impunha, uma ordem vinda de dentro com um selo: cumpra-se.

O carro virou à direita deixando a grande avenida e mergulhando numa rua estreita e arborizada dos dois lados. Um cão de peito branco com manchas escuras no corpo surgiu na contramão. Vinha a trote com a tranquilidade de um menino chutando a sua bola. O motorista foi obrigado a reduzir a velocidade abruptamente. Francisco viu-se projetado contra o banco da frente. Nada que pudesse machucar. Ficou com o queixo encostado no banco do carona fitando o cão, que parou e olhou para o carro como se esperasse ver descer um conhecido.

— E essa? — disse, ou perguntou o motorista.

— Esse! — exclamou, ou corrigiu Francisco.

— Não sabe o que é a rua — murmurou o motorista.

— Não, parece que é a sua primeira vez.

— Os de rua conhecem o perigo.

— Esse vive num mundo próprio.

O cachorro não se mexia. Eles esperavam que liberasse o trânsito. Não havia carros atrás deles. Francisco ia descer o vidro para falar com o animal quando apareceu outro cão na calçada da direita. Um bonito caramelo. Havia um portão de garagem aberto. Ao fundo, via-se um pomar borrifado pelo spray da chuva fina. O cão da rua balançou alegremente o seu rabo e correu para a calçada ao encontro do outro. Em seguida, desapareceram, engolidos pela boca escancarada do portão, que, no entanto, parecia mais uma brecha, uma fresta na tarde, sugando cães, luzes e lembranças. Francisco e o motorista ficaram ainda alguns segundos espiando o arvoredo ao fundo.

— Vamos — disse, por fim, o motorista.

— Pois é...

O carro voltou a rodar rumo ao sul.

Então eram assim os últimos dias de um homem? Podiam ser assim os derradeiros instantes de uma vida? Tão pouco e tanto ao mesmo tempo? Uma bifurcação paradoxal, mínima e imensa num mesmo movimento lento e abrupto? Uma saída da estrada principal por uma trilha que não estava no mapa e nem mesmo na memória dos locais, possivelmente nem mesmo nas versões mais atualizadas de GPS? Francisco se revia no espelho do banheiro com a desconfiança de quem abre a porta no meio da noite para um desconhecido. Via o barbeador abandonado e se perguntava o que significaria ainda arrancar os pelos do rosto. Tirar a última máscara, aquela que se cola na pele ou a perfura? Havia sido um persistente na vida, um teimoso, cujo grande erro sempre fora o de levar a sério a ideia da famosa fórmula – "seja quem tu és", declinada em tempos modernos como "seja você mesmo". Era o que era por força da sua natureza, não por qualquer virtude ou esforço pessoal.

Não seguir modas, não se dobrar aos gostos dominantes, não se impressionar com a teoria do momento, não aplaudir os ídolos da mídia, não ser fiel a qualquer causa, não ter lutado para "vencer" na vida, exibindo um orgulho feroz de ser quem era, tudo isso havia sido a sua perdição. Como tudo isso poderia ter acontecido na vida de um modesto professor de ensino médio? A sua teoria não deixava dúvida quanto a isso: todos vivem, em patamares diferentes, as mesmas disputas, emoções e classificações. Cada um, no seu território de ação, disputa o centro ou contenta-se com a periferia. Cada um, no entanto, é sacudido pelas decisões dos outros, especialmente daqueles que ocupam o núcleo do poder local. A mais insuportável figura desse jogo repetitivo é aquela que não quer jogar conforme a regra do jogo.

Essa figura era ele. Contentara-se em encantar os amigos nas mesas de bar por anos a fio, alternando humor, leituras a contracorrente, muitos romances policiais e filmes de faroeste, e uma incrível capacidade de oferecer-se sem contrapartida para as lutas menos nobres como resistir molemente aos arroubos dos conquistadores com suas metas. Por vezes, tivera a vaidade de fascinar os alunos com uma sabedoria irônica, uma citação de memória, "somos inimigos o Estado e eu", ou um sorriso tímido ou maroto diante da falta que não poderia ter sido cometida e tampouco evitada. Conhecera o amor, a traição, o ciúme, o ódio, a ambição e a inveja, como todo mundo, claro, numa escala, entretanto, muito pessoal, sem a fé cega das facas amoladas na grande ilusão do triunfo ou da regeneração das contas bancárias ou das tabelas Excel a apresentar na prestação de contas com Deus. Fora mais invejado do que havia invejado, mais uma vez, não por virtude, simplesmente por indiferença ou falta de capacidade para virar a mesa. Surgia sempre onde não o esperavam, o que implodia as jogadas previstas pelos donos do tabuleiro, sobrevivia quando já devia estar morto, voltava à cena quando já era considerado carta fora do envelope, infiltrava-se feito um imaginário em realidades que se gabavam de ser concretas e sem brechas para a desconstrução.

Na vida amorosa, experimentada sem o peso das solidões provisórias, cometera os erros mais primários e tentara se redimir praticando as desculpas mais antigas, aquelas que ainda tinham o poder de convencer pela sinceridade mais nua, quando tudo se diz sem brutalidade nem estratégia, sem ardil nem esperança, sem promessa nem oração, sem alegria nem fiador, apenas com a certeza de que a vida não contempla por tempo indeterminado o cálculo para enganar quem oferece o melhor. Tivera o tempo de acordar muito tarde, a época de deitar cedo, as noites de insônia, as manhãs de muito sono, o tempo de ver filmes de mãos dadas na escuridão povoada dos cinemas, as noites de ver novelas e os anos de perambulação, quando todas as ruas exprimiam a possibilidade tácita da grande bifurcação, que não passava, na mente e no coração, de uma palavra sussurrada, de um olhar caloroso, de olhos cintilando nas madrugadas como estrelas mágicas em viagens pelo espaço sideral. Cultivara nos seus piores ou melhores anos a poesia mais cotidiana que se conhece, a dos versos jamais escritos por falta de papel, de celular, de tempos para calar o beijo e fazer falar a emoção controlada, calculada, até rimada, da poesia em convulsão.

Quantas vezes havia tentado parar o tempo para fazer o balanço da sua vida e, diante do futuro ainda possível, estabelecer novas metas, planos, objetivos principais e secundários, cronogramas e orçamentos? Se não tivera de prometer a cada final de ano que não beberia mais álcool, caminharia no parque três vezes por semana, faria musculação numa academia, comeria menos coisas ultraprocessadas ou gordurosas, pois nunca tivera a capacidade de não ser moderado no apetite, encurralado na sua magreza e nos seus gostos de infância, teria de enfrentar as doenças inesperadas, especialmente as da alma, que se infiltram no corpo pelos caminhos mais diversos, da próstata ao sistema nervoso e ao coração, arrebentando veias, artérias, canos de ligação entre o setor de comando e os membros periféricos, sem contar os caminhos mais tradicionais, esses que, em algum momento, começam a sinalizar infrações de trânsito – dores nas costas, erupções na pele, cansaço, essas coisas todas que sabe todo homem depois dos 50 – e a emitir multas sob a forma de remédios a tomar para sempre, exercícios a repetir, sermões a ouvir, enquadramentos a aceitar, fórmulas de autoajuda a digerir, comportamentos de rebanho a adotar, como um idoso que, enfim, aceita viajar em excursão, com os trajes típicos de turista, e, diante das pirâmides de Gizé, segue aflito o guia, que, face aos seus liderados, exerce o poder indiscutível de um faraó.

Preferia o trágico dos gregos, com a porção de fatalismo que ele contém, aos dramas e dramalhões dos modernos. Os gregos eram mais práticos em tudo, além de menos hipócritas na sexualidade. Sabia que essa observação nada tinha a ver com o contexto. Quem, no entanto, poderia impedi-lo de fazê-la? Possivelmente um editor, em caso de publicação póstuma. Talvez por isso, quando se sentia um pouco melhor, rotulava a sua vida de cômica e seus problemas, polêmicas e confrontos de ridículos. Então, se dizia, a vida era só isso, muito menos do que uma história contada por um idiota, nem sequer muito barulho por nada, nem som e fúria sem sentido algum, apenas um fluxo, do começo ao fim sem perspectiva de recurso, *habeas corpus*, embargos infringentes ou declaratórios, ficando, quem sabe, todos os esclarecimentos para depois da execução, depois da pena transitada em julgado. Alguns, claro, podiam ficar entubados durante anos à espera da ressurreição, que é sempre uma forma de investimento no mercado futuro, embora seja uma ocupação de leito abusiva e fadada ao sepultamento cedo ou tarde.

Esses eram, caso se possa falar assim, e se pode, pois estou falando, ou ouvindo os meus pensamentos no teclado, os seus melhores momentos no pior do fim da vida. Podia rir silenciosamente, ou mesmo bem alto, de todas as figuras patéticas que conhecera, o chocante senador bacharelesco agarrado ao trabalho moralizador da Lava Jato, operação contra a corrupção da política que se afundou na corrupção jurídica, o militante de esquerda disciplinado tentando disciplinar a massa de eleitores volátil, o milionário com medo de ficar pobre por causa do Bolsa Família e dos programas sociais do governo, o investidor investido no seu papel de zelador do sistema, o minerador de bitcoins, o reacionário golpista convencido de sua importância para salvar a democracia, Wellington Paulo Ramos da Silva batendo continência para os capitães de milícias e malícias, os administradores do espólio da humanidade com suas expressões marqueteiras em inglês e sua preocupação permanente com os ganhos dos acionistas, o apresentador de televisão de dedo em riste tentando imitar os influenciadores digitais diante da queda de audiência irreversível, os sertanejos urbanos cantando de chapéu de caubói modinhas longinquamente rurais para jovens que nunca viram os sertões.

Aconteceu-lhe de gargalhar como não fazia havia muito, se bem que não era uma gargalhada comum. Era um barulho semelhante ao riso, confirmado pelas sacudidelas do corpo inteiro do homem na cama.

— O pobre delira, coitado — disse Zilda, em voz alta, como fazem os personagens de novela de televisão, enfiando a cabeça pela fresta da porta do quarto do moribundo, que, surpreendido, tentou se controlar, o que resultou numa contração da face, quase um esgar, assustando a mulher a ponto de levá-la a se benzer e a fechar os olhos.

O país fervilhava engolfado em suas novidades cotidianas sempre mais acachapantes: "Presidente sobe o tom", "Oposição teme o pior", "Mercado reage às medidas do Ministério da Fazenda", "Pauta de costumes avança no Congresso Nacional", "Imprensa estrangeira persegue o Brasil", "Faria Lima na expectativa", etc. As notícias de jornal, contudo, já não faziam parte da rotina de Francisco. A sua existência era então um permanente *flashback*, contínuo, caudaloso, aos solavancos, interrompido apenas por imposições do corpo, dores ou ruídos externos capazes de funcionar como chamadas para os comerciais.

Se pudesse contar em detalhes o que sentia, Francisco descreveria a estranha sensação de fratura existencial que o acometia. Essa impressão, porém, não era nova. Desde muito cedo, pouco depois da adolescência, ele se via levando uma vida dupla, a interna e a externa, que seriam, por fim, a de professor consciencioso e regular, sobre cujas atividades não recaíam reclamações, e a de errante boêmio em busca de um sentido profundo que se afastava à medida que ele se aproximava, numa caminhada permanente rumo ao infinito, a cada dia mais distante desse horizonte perfilado a alguns metros do seu braço estendido no ar. O que poderia ter feito para se livrar desse incômodo que assumia muitas faces: tédio, irritação, vazio, desmobilização, impaciência, raiva, desencanto, inércia, desleixo, indiferença?

Já não sabia quem era, quem tinha sido, o que seria. Tudo se confundia numa sopa rala de emoções datadas. Quase se ouvia dizendo "se acabou" ou, num sobressalto gramatical, "acabou-se", quando não se ouvia narrando uma partida de futebol na qual o velho narrador anunciava "fecham-se as cortinas e termina o espetáculo". Ou, ainda, o juiz trila o apito e põe um ponto final às ações. O que faria do valor do Pi, da ênclise, da próclise e principalmente da mesóclise na hora que se aproximava da maior de todas as bifurcações? O que faria do seu casaco de linho, dos seus últimos vinis, das ideias que não vendeu, dos abraços que não deu, dos bolos de milho que não comeu? Dir-se-ia que tentava se agarrar a um anacoluto para se salvar. Em algum momento fora feliz, totalmente feliz, como um cão, um potro, um pássaro, um cartão-postal da natureza intocada e agressivamente verdejante? Sim, podia dizer, especialmente quando fora o mais selvagem possível, nos seus anos de criança, quando, depois das aulas, corria pelos matos.

Fora imensamente feliz quando adulto, de uma felicidade quase insultuosa para os não iniciados na sua paixão, feliz nas horas todas que havia passado dentro dos livros. Nas páginas dos romances encontrava tantos mundos que se sentia sempre em viagem. Cada livro era simultaneamente bagagem, passaporte e meio de transporte: navio, trem, avião, cavalo, bicicleta. Nas histórias tristes de Michel Houellebecq e Paul Auster sorvia a alegria da forma perfeita, da melancolia suave, do humor à espreita, da poesia prosaica, da vida com todas as suas armadilhas, imperfeições e arestas transformadas em espadas. Quantas vezes fora Julien Sorel ou Rastignac, Rimbaud ou Baudelaire, "*bateau ivre*", Jean Valjean, vidente, poeta, escritor, andarilho e Paul, François, Michel, Jules, enfim, todos os nomes?

Podia, então, descansar, o que lhe acontecia era só o último capítulo de um bom livro, a última página de uma história especial, a sua, cujo ponto final encerrava uma narrativa sem impedir que outras começassem, afinal, todo final é arbitrário e deixa em aberto o futuro, mesmo um futuro improvável e assustador. O que havia feito de bom na vida? Lido. Mais do que isso, lido apaixonadamente e repetido, cortando ou acrescentando pedaços a seu bel-prazer, o que lia para pequenas plateias de bar ou salas de aula inicialmente desinteressadas. Quantas vitórias tivera ao ver um aluno pedir que não parasse de contar quando o sinal tocava ou, ao encontrar um estudante, passados muitos anos, que lhe repetia uma frase das suas narrativas e lhe agradecia pelos bons e inesquecíveis momentos na escola!? Ao entrar no hotel do além escreveria, se necessário, na ficha de hóspede, como se faz ainda em qualquer hotel, no quesito profissão, leitor. Era isso que tinha sido mais do que tudo. Leitor contumaz.

Numa tarde de sol alguém bateu na porta. A rua fervilhava. Pessoas corriam de um ponto a outro chocando-se, desviando, apressando o passo. Francisco já não tinha forças para olhar. Batida de nós de dedos na madeira. O doente ouviu o som de muito longe. Tudo já lhe chegava com *delay*, como se a vida ocorresse em outro campo existencial. Há muito não ouvia aquele tipo de ruído, que lhe pareceu um vestígio de épocas felizes. Anos antes, teria exultado. Sim, certa época, quando acreditava no amor, vibrava com visitas inesperadas, que se revelavam quase sempre certeiras, o amor do momento. Durante anos seguidos, por teimosia, rejeitara os seus amores e até os negara em confissões de bar ou mesmo em lembranças. Tinha essa capacidade de apagar o que já não podia renascer como uma planta. Acamado, tudo voltava. Há muito não imaginava que alguém viesse vê-lo. Entendia os seus amigos. Havia muita história diante de uma coisa tão rasteira quanto a morte. A humanidade faz barulho demais por pouca coisa. De que adiantaria alguém perder tempo com ele? Nada poderia alterar o seu destino. Lançados, os dados jaziam sobre as suas páginas. Que o esquecessem, que se lembrassem dele onde havia sido feliz, nas salas de aula ou nos bares, mas que não viessem velá-lo em vida.

Zilda baixou o volume da televisão a contragosto depois de alguns minutos. Foi abrir. Viu-se diante de uma mulher bonita, vestida com roupas coloridas. Custou a aceitar que conhecia aquele rosto.

— Não lembra de mim, Zilda?

— Lembro, acho, sim, você é...

Lembrava e não lembrava, conhecia e não conhecia, atrapalhava-se, confundia-se, tentava falar e continha-se, não queria errar. Era Joana. A visitante caminhou até o quarto como se flutuasse. Na cama, Francisco era um resto do que havia sido ou poderia ter sido. A mulher sentou-se junto dele, acariciou o seu rosto e sussurrou:

— Desobedeci.

Francisco morreu naquela mesma tarde.

Amigos se organizaram para dar-lhe uma lápide. Nenhum dos colegas da Escola Paulo Freire da época da grande bifurcação faltou ao enterro do mestre. Era assim que o chamavam pelas costas. Jocélia depositou com os dedos da mão esquerda um beijo nos lábios do cadáver, que considerou menos pálido do que imaginava. Flora vestiu-se de viúva. Nunca esteve tão linda e jovem em sua dor elegantemente contida. Joana estava soberba, também toda de preto, numa altivez silenciosa impressionante. Vítor fez um breve discurso de trinta minutos no qual falou de correlação de forças, política internacional, tática, estratégia e resistência desde dentro. Enquanto ele falava um sujeito desconhecido espiava o interior do caixão como se buscasse uma evidência de que havia continuidade entre o dito e não dito.

Apesar de tudo o que lhes acontecia, que ainda parecia inverossímil por verdadeiro demais, apesar dos pesares, como gostava de enfatizar Vítor na sua redundância lapidar, escreveram na pedra: "Vida que segue".

Na manhã seguinte ao enterro já havia na lápide outra inscrição, feita com uma letra sinuosa de alguém acostumado a usar uma técnica muita antiga, a escrita cursiva: "Extensão do domínio da luta".

Que paz naquele campo!

A grande ideia

El tiempo pasa nos vamos poniendo viejos
Yo el amor no lo reflejo como ayer
En cada conversación
Cada beso cada abrazo
Se impone siempre un pedazo de razón

Pablo Milanés

"Acabou para mim", anunciou Miguel Rogério aos seus colegas de escritório. Eram 17 horas. Fazia frio. Hesitou antes de repetir com tom mais afirmativo: "Acabou". Todos se voltaram para ele com uma curiosidade morna. Tinha 55 anos de idade, 35 anos de contribuição para a previdência social. Pela janela, entre duas mesas de trabalho, via-se o céu avermelhado por cima dos edifícios mais altos e desdentados. O inverno atingia o seu ponto culminante. Era um vermelho tristonho, sufocado pela espessa friagem de uma sexta-feira de julho.

— Que vai fazer?

A pergunta vinha de sua amiga Mariana, secretária da firma, como ele gostava de chamar, com relativa ironia, o barco em que estavam metidos havia mais de duas décadas: Alonso & Macedo, Advogados Associados. Haviam envelhecido juntos. Essa intimidade laboral permitia que ela o tratasse como um companheiro de quarto de hospital. Não o fazia por ser trágica nem por excesso de zelo. Ao contrário, era comedidamente despachada. É possível que em alguma tarde de enfado, doença típica das atividades processuais, tenham saído para algo mais do que um sorvete ou uma taça de vinho. Se isso aconteceu, nunca houve provas. A discrição era o que tinham para dividir fraternamente.

— Me retiro — ele, enfim, respondeu.

A declaração caiu sem qualquer peso entre os outros advogados assalariados da banca. Talvez tenham pensado que ele se referia ao final de semana. Vez ou outra, gostava de pequenas surpresas. Mariana permitiu-se examiná-lo como quem busca uma contradição numa inicial intrincada. A sua opinião sobre assuntos jurídicos era valorizada no grupo. Se havia pouco do jovem de cabelos encaracolados que chegara pela primeira vez para trabalhar naquele distante verão, a maneira de passar as mãos nos lábios era a mesma. Notou que a voz dele tremia.

— Não volto mais — ele disse.

E assim se aproximou de cada um dos marujos, como se denominavam "fora dos autos", e despediu-se sem deixar que protestassem. Partia. Havia dado a sua contribuição para as causas trabalhistas sem sangue nem lágrimas, talvez, antes da implantação do ar-condicionado, com um tanto de suor. O que podiam dizer os outros? No máximo, cumprimentá-lo por conseguir escapar, graças a um dispositivo chamado de "regra de transição", da reforma aprovada pelo governo no Congresso Nacional para espichar o cativeiro da maioria por mais alguns anos. Se falaram, e claro que isso aconteceu, ele não registrou. Ou fingiu muito bem.

Mariana, porém, não se resignou. A voz dela se elevou um tom acima do normal, sinal de que não aceitaria o silêncio da parte, exigindo a resposta que já se desenhava na sua cabeça:

— Que vai fazer?

Miguel Rogério sorriu. Talvez ela tenha visto o sorriso daquela primeira tarde, ainda que detestasse sessões de nostalgia e filmes românticos. Um tempo razoável havia passado. Ele se retirava.

— Vou escrever — ele disse.

— Escrever o que mesmo?

— O que a grande ideia me ditar.

— Que grande ideia?

— Sinto que estou pronto para ter a grande ideia da minha vida.

Quando puxou a porta solene do *bunker* — outro termo a que recorriam em certas ocasiões —, ouviu os colegas desejarem palidamente:

— Boa sorte!

Instalou-se em casa à espera da grande ideia. Voltara a morar com a família. Comprara quase um sítio para que todos pudessem se acomodar tranquilamente. No fundo do pátio, fixara a sua biblioteca. Ali, diante do computador, aguardaria a ideia que mudaria a sua vida e o faria entrar na "seleta lista" dos grandes escritores. Aos pais, passados dos oitenta anos, nada prometia, salvo dar-lhes a garantia de uma velhice segura. À irmã, dois anos mais nova, nada pedia, a não ser que lhe desse a tranquilidade necessária para criar e não o atormentasse com perguntas sobre o futuro.

Ao sobrinho, filho tardio da irmã, pedia ainda menos, que sempre usasse fones de ouvido.

Os primeiros dias de aposentadoria foram estranhos e ásperos. Acordava na hora de trabalhar sem precisar de despertador. Ainda pensava em termos jurídicos. Via-se fazendo petições, reclamatórias, representações, iniciais. Custava-lhe admitir que sentia falta dos colegas, especialmente da enfática Mariana. Sabia, contudo, que o tempo tudo cura, ou esmaga, e que em breve teria outros gatos para chicotear, não fosse a expressão francesa que tanto usava animalmente incorreta. Há muito estava dominado pela convicção de que uma grande ideia o tomaria de assalto, levando-o a escrever uma obra-prima em quarenta ou cinquenta dias. Talvez menos. Escreveria como um possuído, noite após noite, até se esgotar num gozo de animal condenado.

Em algum lugar, cinco ou seis anos antes, lera que se chega ao topo com um bom plano de voo e dez mil horas de prática. Pelas suas contas, já tinha quinze mil horas de treinamento em textos que permaneciam secretos mesmo quando publicados. Experimentara todos os gêneros até descobrir o seu registro, a sua dicção, o encontro perfeito entre o seu estilo natural e a forma adequada para se colocar fora do velho e do novo, aquém ou além, como dizia, dos parâmetros. Não queria repetir o que consagrara outros nem se agarrar a modismos que o condicionassem como via ocorrer com certos jovens imaturos. Tinha consciência da dificuldade da sua missão: inventar, reinventar-se e até mesmo inventar o seu leitor e suas categorias de leitura.

Não alimentava dogmas. Aceitava repetir palavras ou oscilar entre a prosa poética e o relatório exaustivo. Se valorizava os substantivos, não odiava os adjetivos e até cometia algum superlativo. Aprendera, ou pensava ter aprendido, com certos especialistas que em arte só importa a recepção: bom é o que funciona; o que funciona é bom. Por funcionar entendia a capacidade de um autor, ou de sua obra, de encontrar um público, de preferência sendo bem recebido pela crítica e pelo dito leitor comum. Esse era o máximo de teorização a que chegava. De resto, só queria contar uma grande história como as que lera, na infância, em livros de bolso de faroeste, dos quais guardava na memória uma sensação de solidão e melancolia, ou, na juventude, em romances policiais coalhados de mortes e humanidade.

De onde lhe vinha a certeza de que teria uma grande ideia? Não sabia. Era algo que sentia e não procurava explicar. Tomava simplesmente as medidas para não deixar passar o momento. No começo, tivera medo, como se precisasse afastar uma superstição ou um pensamento intrusivo e malsão. Aos poucos, fora aceitando e fazendo movimentos para favorecer o destino, pois era assim que pensava. Achava que seria contemplado pela loteria existencial com uma benção, assim como todo mundo um dia é sorteado com uma doença fatal. Não acreditava, porém, em pura sorte. Preparava-se para executar a ideia que teria. Procurava unir sorte e competência em doses semelhantes.

❖

A mãe apareceu, uma semana depois de instalada nos novos domínios, para ver o filho no seu campo de jogo. Encontrou-o cercado de livros com folhas dobradas nos cantos de cima, computador ligado, barba rala por fazer, diante de um resto de sanduíche de salamito e de uma lata de Coca-Cola com um canudo amarelo mordido. A expectativa era tanta que ele se mantinha em quase permanente estado de euforia. Se não fazia a barba, era para não perder tempo. Precisava estar a postos. Enquanto esperava, lia, o que logo acabava por excitá-lo ainda mais.

— Estou no caminho — disse.

— Como sabe? — perguntou a mãe por não saber o que dizer.

— Grandes obras puxam grandes ideias — ele respondeu.

— Já não tinha lido esses livros todos?

— É questão de método, mãe. Quero refazer o caminho para saber onde a minha obra vai se separar da obra de todos esses que me influenciam.

A velha baixou os olhos claros lentamente. Não sabia bem como se comportar diante daquele filho que, de repente, não parecia mais o mesmo. Havia no olhar dele um brilho inquietante, uma fagulha que não parava de se movimentar enquanto ele mascava cada palavra que dizia.

— Método é tudo — ele definiu.

Ela o puxou para si e o acariciou como uma mãe fazia com meninos que se esforçavam na escola, mas tiravam nota baixa. Depois de uma pequena resistência, ele se deixou levar até deitar a cabeça de poucas bandeiras e grandes entradas no colo dela. Quem visse a cena pensaria num terno momento desses em que um filho volta a ser criança. Se a tarde ainda estava longe de terminar, o dia sombrio acabava com qualquer esperança de alegrias ruidosas. A mão roçou sem querer o teclado do computador. Apareceu uma página branca no alto da qual se lia numa fonte elegante, corpo 24 ou 30, o nome do autor da obra:

MIGUEL ROGÉRIO

O resto ainda precisava ser escrito. Antes de sair, a mãe se permitiu um pequeno sermão: ele estava comendo mal. Os restos sobre a mesa de trabalho não lhe davam espaço para justificativas consistentes. Prometeu que iria à noite tomar sopa na casa da frente. A biblioteca tinha banheiro e um quarto com uma cama de solteiro.

Ficaram por alguns instantes em silêncio. Ela o fitava sem censura nem angústia. No máximo, uma ponta de dúvida. Miguel sorria. Estava confiante. Olga foi até a porta e, na hora de girar a maçaneta, pareceu se lembrar de algo urgente. Então, suavemente, perguntou:

— O que houve mesmo?

A pergunta deve ter causado certo impacto, pois ele contraiu rapidamente os olhos. Se não gostou, soube esconder o incômodo.

— Eu não cabia mais em mim — disse.

Assim passou as primeiras semanas, atarefado, absorto, reflexivo, entre sonhos, planos, projetos e esboços. Nos primeiros dias, sentindo-se estranho num espaço que ainda desconhecia, procurou habituar-se a cada canto do seu novo território sentando-se em pontos diferentes, como se procurasse o melhor ângulo de repouso. Recebeu visitas, amigos dos pais, um colega de faculdade, que se apresentou como vizinho, a irmã, que se comportou como se não morassem na mesma casa, enfim, no mesmo espaço composto da casa da frente e da casa de trás, como passariam a ser chamados os dois ambientes. A sua falta de loquacidade preocupou alguns dos visitantes, que se queixaram à sua mãe lamentando que a sabedoria tornasse as pessoas sem assunto.

Sentia uma curiosa alegria, como nunca experimentara antes. A uma tia que lhe tomou algumas horas com perguntas e conselhos, disse:

— Estou grávido.

Era assim que se sentia, carregando a grande ideia que o faria existir. Num final de tarde, contemplando o Oeste, achou razoável abrir uma garrafa de espumante. Brindou sozinho ao sol poente. Nunca se sentira tão livre, tão útil e tão pronto para viver. O sol morreu no canto do céu como uma bolha vermelha e curiosamente fria. Ele gostava dessas imagens e da generosidade da natureza, que lhe oferecia quadros diversos sem nada cobrar, exceto a sabedoria de olhar. Estava de espírito tão aberto que poderia aceitar as sugestões da irmã: pilates, caminhadas no parque, meditação e chá orgânico de melissa. Não chegaria a Reiki e pensamento quântico. Esse era o seu limite.

Havia saído de casa uma única vez. Fora ao correio para despachar um envelope. Estava longe de ser avesso às novidades tecnológicas. Certas coisas, porém, ainda preferia à maneira antiga. Era um escritor do impresso, autor do papel, que gostava de tocar e de cheirar. Mesmo quando enviava um texto por e-mail, se fosse importante, mandava o material também pelo correio. Mariana — ainda pensava nela — sempre ria dessa sua mania. A cada vez, repetia:

— Cauteloso, hein!

Era uma menção a um velho filme, A *montanha dos sete abutres*, que haviam visto juntos num dia de tédio no escritório. O editor do pequeno jornal do interior usava cinto e suspensório. O protagonista, interpretado por Kirk Douglas, velho e cínico repórter da grande imprensa, que buscava no fim do mundo uma nova chance, zombava:

— Cauteloso, hein!

Outro termo que Mariana usava para implicar com ele vinha direto das reportagens de televisão, que tinham os ministros do Supremo Tribunal Federal como estrelas ainda surpresas com a fama.

— Garantista, hein!

Sentia-se, enfim, livre de todas essas amarras. Deixara para trás o garantismo. Se algum vestígio existia, não seria capaz de afetar o essencial: o parto da grande ideia para a qual se devotara.

A irmã, que vinha espiá-lo como quem olha um leão na sua jaula, começou a espezinhá-lo com provocações pouco sutis. Cantarolava:

"Tu vens, tu vens
Eu já escuto os teus sinais
Tu vens, tu vens
Eu já escuto os teus sinais..."

A sensação de leveza era tão grande que não se irritava. Pela primeira vez na vida, não se preocupava com zombarias. Logo ele que, menino, sofrera *bullying* por causa de seus olhos estrábicos. Fizera um longo treinamento nos últimos anos de escritório para desembarcar os pesos e deixar fluir a energia positiva da criação. Aceitaria, porém, a sugestão insistente da irmã para que caminhasse uma hora por dia. Na verdade, convenceu-se sozinho de que caminhar poderia ajudar na gestação e no parto da grande ideia. Passou a andar na beira do rio.

As caminhadas tornaram-se um momento de intenso relaxamento. Andava junto à curva do rio, naquele ponto onde a cidade e o campo quase se encontram. Via de longe a silhueta dos prédios e louvava-se por ter sabido abandonar aquelas caixas de vidro e aço. Caminhava sozinho, a passos lentos, sem qualquer preocupação com medições e saúde. Se andar fazia bem ao corpo, no seu caso era uma festa da mente. A irmã, que um dia foi vê-lo no seu passeio, surgindo na direção oposta, devidamente paramentada para o exercício, abrigo, tênis, fios ligados ao corpo e ao celular, disse-lhe de cara:

— Você caminha olhando para os pés.

— Como pode ser assim se acabei de ver o céu?

— Caminhar de sapato não faz bem.

— Por que não?

— Você precisa de um tênis que absorva o impacto.

— Estou bem assim.

— Além disso, está caminhando errado. Precisa de orientação.

Ele riu. Esse riso era a prova de que estava bem. Caminhar permitia que organizasse as suas ideias sobre escrever. Queria dizer a vida sem artifícios nem literatura. Não pretendia se limitar a descrever o que via. Queria ir além: trazer à tona o mundo oculto pelas aparências ou pela miopia das pessoas. Não queria, contudo, fazer isso de maneira afetada, com textos incompreensíveis, nem se limitar a fotografar a realidade com uma câmara de celular. Escrever, contava para si mesmo e depois em diários anotados no bloco de notas do telefone, tem de ser um modo de desvelamento: levantar o véu.

Lera isso num filósofo difícil, o gigantesco e nazista Heidegger, o que soava como um alerta: não podia se deixar arrastar por citações e referências repetidas gastronomicamente. Se Heidegger era nazista, Fernando Pessoa era racista. Ninguém se salvava? Sim, alguns. Não sabia como resolver a velha questão entre o autor e a obra. Gostava de obras cujos autores não eram legais.

Acreditava, porém, como certos teóricos, que escrever é continuar a tecer uma rede de tantos fios, tantas mãos, tantas histórias, tantos nós, tantas linhas que se entrelaçam, comentam, aproximam, afastam e distorcem. Temia que a história o dominasse e passasse a se contar sozinha, saindo do seu controle e impondo-lhe o que gostaria de esconder. Não, esconder era uma palavra forte: o que gostaria de deixar de fora.

Podia contar o que viesse a contar num estilo de rio caudaloso ou de uma maneira límpida e direta. Todos os modos de narrar lhe pareciam bons e adequados, não era esse o problema. A questão é que pretendia impor a sua dicção. Enquanto andava, recitava silenciosamente, ou até em voz alta, não tão alta que alguém pudesse ouvi-lo, frases para sentir a cadência, o ritmo, a fluência, a melodia. Sonhava ser o intérprete, quase um médium, de uma história que brotaria de dentro dele num jorro imparável e verdadeiro. Sim, essa era a sua obsessão: a verdade. A vida como ela se esconde.

— Contar a vida como ela se esconde — repetiu em voz alta.

— Como, senhor?

— Nada, não, mil desculpas, falei sozinho.

O homem, um caminhante formatado para a ocasião, com todos os equipamentos recomendados, seguiu em frente sem deixar, quando pensou não ser mais visto, de girar o dedo indicador como quem diz "pirou". Quando, sentado no seu ponto de descanso, quis anotar o episódio constrangedor do encontro com aquele passante, percebeu que já não lembrava o que dizia na camiseta que ele usava. Ficou decepcionado:

— Preciso observar mais e melhor — censurou-se em voz baixa.

Ultraconectado, verificava o e-mail várias vezes por dia. Regularmente olhava as mensagens do WhatsApp. Nem muito, para não se desconcentrar do trabalho de escritor, nem pouco a ponto de perder o que esperava. Uma vez por dia ia até a casa da frente esperar o carteiro. Fazia disso uma rotina confortável, um momento de descontração em seu planilhado emprego do tempo. O pai, quando o via passar, aproveitava para lhe fazer perguntas. O velho dava passos firmes em direção ao esquecimento, sendo roído a cada dia pela doença no seu avanço em carga de cavalaria. Miguel guardava metáforas do seu tempo no exército. A doença já confundia o pai em coisas mínimas do dia a dia. Pouco restava do homem altivo, quase arrogante, que fora.

— O que faz aqui? — perguntou ao filho.

— Espero o carteiro.

— É seu amigo?

— Não, pai, é quem traz as cartas.

— Cartas? Escrevi muitas quando era jovem.

— Eu também.

— De quem espera uma carta?

— De uma editora.

— Já teve a sua grande ideia?

— Não. Quero saber se estou no bom caminho.

O pai pareceu se distrair. Balbuciou a palavra "caminho" duas vezes e adormeceu na poltrona inflada por um cobertor xadrez. Miguel ficou olhando o pai como se precisasse proteger-lhe o sono. Aquele homem havia feito muito por ele, talvez demais. Havia insistido para que cursasse Direito e arranjasse um emprego seguro. A vida de taxista o fizera ter uma leitura objetiva das coisas. Por nada, ensinava:

— O importante é chegar ao destino.

Tentara também transmitir ao filho a sua paixão pelo futebol. Não teve sucesso. Ver 22 jogadores correndo atrás de uma bola fazia Miguel cair no sono. Nada lhe parecia mais enfadonho na vida. Os escores baixos também o aborreciam. Empate sem gols era algo que o chocava. Não conseguia aceitar um jogo de noventa minutos suados sem a marcação de um ponto sequer. Definitivamente futebol não era para ele.

O carteiro não apareceu nesse dia. Na maior parte das vezes, passava sem tocar a campainha da casa verde 237. Uma vez por mês ainda trazia a conta da luz. Dava-lhe certa tristeza ver aquele homem vestido de amarelo e azul praticando sua atividade em extinção com passos pesados e uma bolsa vazia. Lia que outros empregos surgiriam. Não tinha certeza disso. Pensava no carteiro como numa ararinha-azul. O fato de que, em vez de cartas, entregasse pacotes, não o salvava.

Não seria naquele dia que receberia a sua correspondência. Ainda era cedo. Retrocedeu para o seu canto acarpetado. Faltavam duas longas horas para o crepúsculo. Não se sentia embalado para escrever, o que sempre lhe exigia muita concentração e cabeça fresca. Só lhe restava ler. Depois, tentaria capturar as cores mortiças do pôr do sol.

— Você vai ganhar o Nobel da Literatura? — perguntou-lhe Olga.

— Quem sabe, mãe!?

— Já teve a grande ideia?

— Ainda não.

— Por que não escreve sobre a espera dessa carta da editora? Vejo a aflição nos seus olhos. É uma angústia de novela. Talvez funcione.

— Alguém já fez algo parecido antes de mim.

— Sério? O personagem esperava carta de uma editora?

— Bem, não era de uma editora.

— Então?

— Não é uma grande ideia, mãe.

— Quem foi?

— Um cara chamado Gabriel García Márquez.

— Ah, sei! Já vi esse daí na televisão.

Se era uma mulher simples e prática, que passara a vida como dona de casa, Olga era brava e inteligente. Percebia o outro lado da realidade muito antes da maioria. Não era, nesse sentido, nada míope.

— Uma grande ideia não cai do céu — ela disse.

— Eu sei disso, mãe.

Ela torceu as mãos como fazia quando se arrependia de alguma coisa. Estava com sua blusa verde de lã sobre o vestido florido.

— Amanhã, vou fazer nhoque — disse, desculpando-se.

Miguel ficou comovido. Abraçou-a demoradamente. Ela tinha ficado do seu lado quando ele pensou em estudar letras ou filosofia. O pai, ameaçando cortar-lhe qualquer forma de sustento, inclusive cama e mesa, ganharia a queda de braço. Podia ouvi-lo dizer categoricamente:

— Filosofia? A filosofia morreu.

Às vezes, no meio de uma tarde de processos fastidiosos, folheava um livro de filosofia e se ouvia dizer para Mariana:

— Meu pai tinha razão.

Gostava dessa ironia. Mariana jogava no contrapé:

— Por que ler esse livro de novo então?

— Mas é Schopenhauer!

Uma das suas estranhas paixões. Discordava de tudo o que lia, odiava o pessimismo de Schopenhauer. Lia de novo. O mesmo acontecia com Nietzsche, que chegava a acusar de estimular os piores instintos.

— Eu me descubro quando me cubro de contradições — ele dizia.

— Hãhã — era o comentário definitivo de Mariana.

Assim se passou o primeiro mês. Então aconteceu o sonho. Agosto declinava. Miguel acreditava nas boas novas de setembro. Era uma crença sem fundamento, como toda crença, ele mesmo dizia, pois em setembro sempre chove, tem pouco sol e pode ainda fazer frio. Naquela noite em que sonhou o que nunca antes havia sonhado, a ponto de não esquecer, fora para a cama cedo, depois de uma fatia de pizza pedida por telefone. Contentara-se com um pedaço de margherita. As leituras produziam uma avalanche de ideias na sua mente. Sentia que se aproximava do objetivo. Poderia encher milhares de páginas com os enredos que se derramavam da sua cabeça. Não era ainda, porém, o que esperava. Se tantas ideias o animavam, perdia tempo peneirando-as.

Chegou a pensar em escrever sobre um caso jurídico que havia passado por eles no escritório. A história de uma mulher mantida em condições análogas à escravidão durante quarenta e oito anos. Havia uma reclamatória trabalhista como último ato de uma novela sórdida. Como sempre, para saber o valor do que seria contado, aplicou o seu método, a pergunta: qual o diferencial desse episódio? Não encontrou. Era uma história terrível como tantas outras da crônica familiar. Acostumara-se a ver nas disputas judiciais boas histórias, embora, na maioria, encontrasse mais repetição do que diferença, o que contrariava a sua convicção de que só a diferença na repetição faz uma história capaz de ser lida e relida, repetida por séculos e séculos.

Deitara-se com o rosto virado para a parede branca sobre a qual fixara um quadro *naïf* que trouxera de uma viagem à Martinica. Uma exploração de cores e de corpos. Tivera o seu tempo de viagens. Queria entender a diversidade do mundo capturando instantâneos de cotidianos singelos com sua câmera mental. Por fim, os deslocamentos tornaram-se cansativos e repetitivos, sem grande diferencial. Sentiu que viajava melhor sem sair do lugar. Dividia os seres humanos em duas categorias, apenas duas, o que fazia Mariana sorrir e acusá-lo de simplificação premeditada: a dos que partem e a dos que ficam. Excepcionalmente incluía uma terceira: a dos que voltam por não ter podido ficar.

Por um momento, antes de adormecer, pensou em Mariana. Lembrou-se das primeiras vezes em que saíram para conversar. Ela gostava de sorvete de chocolate. Ele preferia os sorvetes de fruta.

— Chocolate também é fruta — ela já o provocava.

Tentava dar uma boa resposta. Nunca alcançaria o xeque-mate que buscava. Queria ser um grande escritor, mas tinha dificuldades para descrever a sua personagem. Não, não, dizia para si mesmo, ela nunca seria uma personagem sua. Para se livrar do exercício de descrevê-la, que se cobrava cada vez mais, preferia compará-la com celebridades. Por algum tempo, ela seria a Jane Birkin do escritório. Virou-se na cama. Não sabia de muitas pessoas que conhecessem Jane Birkin.

— Você é mesmo míope — debochava Mariana.

Então dormiu e sonhou. Estava num apartamento de um edifício no centro da cidade. Podia ver o rio do alto. O quarto era enorme. Ouviu um ruído na sala. Um rugido. Estava de pijama. Esse detalhe depois lhe pareceria bizarro. Vira-se, no entanto, no espelho. Foi até a sala. Entre a televisão e o sofá, sobre o tapete enrugado, encontrou um tigre. Era um animal ainda pequeno, mas capaz de emitir uma espécie de ronco devastador. Acariciou a cabeça do tigre, conseguiu acalmá-lo por alguns segundos. A cada vez que a fera se agitava, precisava levar a mão quase à sua boca para que silenciasse, como se lhe pedisse suavemente para não acordar os outros. Aos poucos, empurrou o bicho para o closet. Trancou-se com o tigre em meio às roupas.

Durante um tempo que lhe pareceu muito longo, ficou ali com o tigre, que crescia e alternava roncos e silêncios de animal doméstico. Talvez tenham dormido abraçados. Quando bateram na porta, o animal se agitou. Viu-se então numa luta desigual levando as mãos à boca do tigre para que não destruísse a porta com suas garras. Acordou e dormiu. O tigre não desertava. Sentia-se cada vez mais oprimido, prestes a gritar, enrolando a língua, engrolando, sem conseguir se libertar do pesadelo, que se renovava a cada instante. Era refém. Havia um momento em que o tigre girava, cada vez maior, imenso, no pequeno espaço do closet, soltando um ronco cada vez mais agoniado, fera enjaulada, natureza indomável, disposto a tudo para escapar.

— Calma, calma, não tenha medo — ele dizia.

O tigre exalava um cheiro pesado. Um amarelo fulminante vazava dos seus olhos vidrados. Já não se movia. Planava. Miguel o via penetrar na sua mente, invadindo um terreno que até então lhe parecia indevassável. Estavam juntos, corpo a corpo, num mesmo espírito, fundidos, arranhando a porta, mão na mão, enfurecidos, prontos para o grande salto, o bote, o sangramento, a mordida fatal. Começaram a girar, encurralados, magnetizados, olhos nos olhos, uma única peça. O homem, que ainda era um, viu-se devorado, membro por membro, até virar uma massa de carne desfigurada, o que sobrava de um corpo humano.

Enfim, gritou. O sobrinho estava junto à cama:

— Calma, tio, calma, eu te socorro.

Trazia os fones de ouvido pendurados no pescoço.

❖

O pesadelo deixaria marcas. Miguel levava a sério os sonhos. Tendia a vê-los como sinal de alguma coisa. Quando jovem havia sonhado com a casa sendo levada pelas águas barrentas de um rio. Na manhã seguinte, um dos seus melhores amigos seria arrastado, com sua pequena lambreta azul, por um trem ao tentar atravessar a linha férrea. Contou à mãe, que o tranquilizou com uma das suas observações favoritas:

— Deus só dá os sonhos que podemos sonhar.

Deveria escrever sobre isso? Não estava convencido. Mariana sempre o estimulava a agarrar toda ideia suspensa no ar. Ela era puro impulso e, ao mesmo tempo, suavidade no pouso. Ele resistia. Não queria escrever por escrever. Podia levar um mês para terminar um parágrafo. Quando lia um grande sentia que podia escrever da mesma maneira. Tinha crises de euforia. E assim fora

Balzac, Dostoievski, Virginia Woolf, Tolstoi, Vargas Llosa, Jack Kerouac, Simenon, Kafka e até Machado de Assis. Oscilara entre tantos estilos que não se fixara em algum, especialmente no seu, na sua marca. Deveria escrever difícil ou fácil, curto ou longo, prosa poética ou realista, elipticamente ou de maneira frontal? Passara a vida refletindo sobre essas possibilidades. Vivera para ter o que contar. Restava saber como contar. De qualquer modo, não queria contar, como um repórter consciencioso, o que tinha vivido. Queria criar algo muito novo.

Um dos colegas de escritório, advogado eficiente e ganhador de causas, admirador de gravatas italianas, ternos de caimento perfeito, citações latinas e viagens a Miami, necessariamente nessa ordem, conhecido como Titi, dissera-lhe numa tarde gelada, sem a menor cerimônia, quando debulhavam juntos um processo complexo sobre reconhecimento de vínculo empregatício e direito de imagem, que devia seguir os instintos para atingir os seus maiores objetivos:

— Trepe bastante, o mais que puder, com quem quiser, homens, mulheres, não importa, e saberá o que e como contar. Vai por mim.

— Sério?

— *Ad hunc modo.*

Para ele, no entanto, não seria assim, dessa forma. Tiradas desse tipo o interpelavam profunda e dolorosamente. As pessoas veriam nele algum sinal de interesse sexual por homens? Quais seriam? O que levava alguém a dirigir-se a ele com tanta ambiguidade frontal? Amava as antinomias, os paradoxos, os oximoros e os anacolutos, especialmente os últimos. Cultivava um estranho amor pelas figuras de linguagem e fizera sucesso em jantares de gente esquisita como ele definindo, sem margem de erro, com as devidas diferenças, catacrese, antonomásia, sinestesia, lítotes, prosopopeia, hipérbato, zeugma, silepse, o cesto inteiro, como dizia. Quando percebeu que se tornava excêntrico, caricatural, recusou-se a continuar as brincadeiras. Por causa dessa recusa, ganhou fama de teimoso, antissocial, pedante.

Agora, sob o sol da manhã de setembro, estava ali, aposentado, livre, pronto para ser o que sempre quisera: um escritor. Não, o escritor. Já não temia ler ou reler os maiores enquanto esperava para ser um deles. Sentia-se preparado para rejeitar qualquer imitação ou influência. Dizia-se que dialogar com os outros era do jogo. Imitá-los seria como cometer uma falta, um gol com a mão, uma trapaça.

O que significava, contudo, aquele tigre no seu quarto?

Então, repentinamente, sentiu-se sufocado. Precisava andar, ver o mundo, sentir a presença das pessoas, absorver novamente a atmosfera local. O dia estava fresquinho. Setembro decepcionava como sempre. Era terça-feira, a cidade trabalhava quase em silêncio. Colocou tênis – a irmã ganhara essa batalha – branco, a velha calça jeans, uma jaqueta de couro marrom e uma vistosa echarpe vermelha. Saiu a esmo. Andou pela beira do rio, foi até o porto, voltou ao mercado, visitou uma feira de produtos orgânicos, parou para ver um gol num campinho, o último dos que conhecera quando adolescente, avançou para o centro, trilhou a rua das grandes lojas, entrou num supermercado, contemplou a grande oferta de cereais, os vinhos de diversos países, os queijos e, estranhamente, os produtos de limpeza. Tudo lhe parecia curiosamente esquisito, como se tivesse voltado de uma longa viagem e encontrado tudo mudado. Ou como se tivesse caído numa cidade desconhecida. Vez ou outra, muito raramente, ainda via alguma pessoa usando máscara, a mais visível marca da grande pandemia, que já parecia esquecida por todos.

Avistou o sobrinho, com os enormes fones de ouvido pendurados no pescoço, divertindo-se com um bando de jovens que lhe pareceram pouco recomendáveis. Não lembrava o menino distante, quase desdenhoso, que via entre a casa da frente e a casa do fundo ou deitado num sofá, mergulhado em jogos, vídeos ou músicas às quais jamais teria acesso por excesso de idade. Especulou se deveria alertar a irmã ou se calar. Não gostava do papel de delator. Fora muitas vezes delatado. Não achava que valesse a pena relembrar o que havia passado. O sobrinho certamente se drogava. Ele também havia experimentado drogas. Na época, pretendia abrir as portas da percepção, como se dizia. Quando contara a Mariana sobre suas experiências com LSD e haxixe, ela sorrira, aquele seu sorriso fulminante e taxativo, e dissera:

— Abrir as portas da percepção, hãhã...

De repente, viu claro: estava no ponto culminante da sua caminhada. Buscava a ruptura, não um desenlace, uma ruptura total, o ponto de não retorno, um corte na carne de todas as encenações. Se fosse nos anos da sua juventude, escolheria a luta armada. Era tarde. Arrependia-se de não ter dado esse passo? Arrependia-se de nunca se arrepender? Tudo estivera ao seu alcance. Tudo havia recusado. Desde cedo, muito cedo, soubera que dedicaria a sua vida aos livros. Ao longo do trajeto se protegera com as mais suaves e corriqueiras metáforas: corria em direção aos ventos da novidade e da poesia.

— Na vida, as escolhas são acidentes — filosofava.

Misturou-se às gentes, enveredou por uma rua de comércio popular, caminhou até deixar a cidade para trás, perdendo-se em direção aos subúrbios, chamados em linguagem moderna de periferia, lembrando de sua tese sobre a centralidade do periférico, uma conversa que não ganhava adeptos entre os seus poucos ouvintes, embora arrancasse alguns aplausos mornos para que mudasse logo de assunto. Assim se viu em bairros que amava de longe e citava de perto, como se fizessem parte das suas melhores alucinações, aquelas em que sua alma se desprendia do corpo e saía a vagar por lugares que a seduziam pelos aromas, pelas cores, pelas falas sincopadas e pelos anacolutos.

A cidade oferecia-lhe toda a sua riqueza: um cheiro delicioso de café num bar modorrento, prostitutas de corpos opulentos indiferentes à sua passagem, um grito de pega ladrão, o som melancólico de uma sirene, o rio que surgia numa curva inesperada e logo desaparecia como se posasse para um cartão-postal, homens de cabelos brancos jogando cartas numa mesa improvisada na calçada, uma negra tão bonita, mas tão bonita que por ela teria se apaixonado de maneira fulminante se ainda tivesse tempo de amar e se ela não olhasse o horizonte numa frieza solene de mármore, pura paixão por alguém que ele jamais conheceria ainda que tentasse imaginar, sem saber a razão dessa vontade incontrolável. Seguiu-a com os olhos até que ela se perdeu no final da tarde. Ouvia a tonalidade das vozes, sentia o ritmo das pulsações, espichava o ouvido para capturar uma nuança de expressão, encantava-se como se nunca tivesse ouvido aqueles sons. E assim se desesperava.

Desesperava-se por sentir, por saber mesmo, de um saber das entranhas, como algo que não pudesse conter dentro de si, que a cidade lhe escapava. Dobrou uma esquina e viu-se num lugar que desconhecia, embora tivesse a cidade nas suas mãos, e recebeu uma lufada de vento áspero. Caminhou até a beira do rio, que ressurgia num jogo de esconde-esconde, e deparou-se com o pôr do sol num formato que lhe figurou distorcido, inverossímil de tão natural: uma enorme barra alaranjada, se a imagem não for demasiadamente artificial, de sol a solo. Mais do que isso, um retângulo transparente, unindo a linha d'água e o céu, entre vermelho e laranja, como se alguém o tivesse pintado em tons muito tênues. Com que palavras pintaria aquilo tudo? A estranheza que a imagem lhe causava o fez sentir-se estrangeiro num lugar que ganhara a marca dos seus pés ao longo dos anos.

O sol era bolha que sangrava e se afundava no rio.

Voltou para casa de Uber. Pesava-lhe a verdade do dia. Curiosamente começou a se sentir contente. Tocava nalguma coisa concreta. Aproximava-se da verdadeira vida. Precisava entrar nela.

Não podia imaginar que seria a sua última caminhada pela cidade.

❖

Encontrou o pai, a mãe e a irmã na sala, com a televisão ligada. O pai sugava o seu velho cachimbo sem fumo nem fogo. Trazia a barba descuidada. Pensou que devia ajudá-lo a barbear-se. A mãe, com sua blusa verde de lã sobre um vestido amarelo pálido, exibia um ar mais cansado do que de costume. A irmã, arrumada para sair, disparou:

— Então, achou a grande ideia?

Por um instante, considerou que cometera um erro grave, simplório até. Por que havia falado da grande ideia? Teria sido mais prudente ter esperado por ela em silêncio. Evitaria o ridículo.

— Ainda não. Mas vem, sei que ela vem.

— Por que não escreve sobre o tigre da noite passada?

A mãe fez um gesto para que a filha se calasse. Não dava mais. De toda maneira, não era segredo. Nem deveria ser. A irmã cutucou:

— Um homem que vira tigre. Uma nova metamorfose. Que tal?

A ideia era simplesmente ruim. Conseguiu não se ofender. Riu e começou a brincar com essa possibilidade, recitando parágrafos em voz alta de uma história que não escreveria. Rapidamente todos entraram na brincadeira. A mãe, com alegria inesperada, acrescentou uma linha:

— Um tigre triste incomoda muita gente.

A irmã, com a suavidade que fizera dela uma pessoa especial na vida da família, esquecendo suas implicâncias, deu continuidade:

— Um tigre triste incomoda muita gente triste.

O pai, soltando uma baforada invisível, murmurou:

— Tigres falam de muitas maneiras, até choram.

Assim se passaram os meses, sem grandes acontecimentos, salvo as oscilações do tempo, calor fora de época, frio extemporâneo, temporais abruptos, aquecimento global, esfriamento local, coisas do gênero, enfim, de grande utilidade social. Falava-se sobre o tempo a qualquer momento. Tornou-se o grande assunto de Miguel com o pai. Com a mãe havia mais intimidade. Falava de algumas das suas pequenas ideias, ouvia os suspiros dela, prometia alimentar-se melhor, pedia a sua ajuda para relembrar fatos que se apagavam lentamente na sua memória. O sobrinho submergia num mundo de silêncio externo. A irmã alternava implicâncias cada vez mais gratuitas – como se deixasse escapar pílulas de ódio, um ódio jamais explicitado ou justificado – com momentos de uma solidariedade constrangedora, quase pena, algo assim.

O recolhimento de Miguel teve inicialmente como causa, ainda que não identificada, uma estranha sensação experimentada por ele de exclusão. Não uma exclusão por rejeição frontal, o que provocaria talvez alguma reação, um surto de indignação, uma atitude vitalista. Uma exclusão silenciosa e lógica. Não estando mais ligado a uma empresa ou instituição, estava fora de tudo. Não tinha, na verdade, aonde ir. A idade, percebeu, vai destruindo tradições ou hábitos como ir à casa de amigos. Não se via invadindo a morna privacidade de alguém num dia de tédio. Restavam-lhe as praças e as ruas. Só tinha acesso a ambientes externos ou a lugares em que se apresentasse como consumidor. Durante alguns dias, refletiu sobre essa condição e até comentou com a irmã, que se comoveu, antes de sair para o supermercado. Estava espantado com o limitado número de lugares a que um ser humano normal tem acesso de modo integral a partir de certa idade, mais precisamente a idade do trabalho. Sem o vínculo empregatício, nada mais lhe restava. Talvez pudesse ir a uma igreja. Mas o que faria lá? Claro, existiam os shows, as peças de teatro, os jogos de futebol, os cinemas. Sim, apesar da decadência e do triunfo do *streaming* ainda existiam cinemas, possivelmente como complemento à pizza, como parte de um programa, dar uma saída, como se dizia então. Era só pagar e entrar. Pela primeira vez, tinha uma consciência aguda de algo que só conhecia de leitura: a condição mercadoria da vida.

No auge da espera pela grande ideia, que lhe parecia cada vez mais próxima — embora de parto difícil e de indícios raros — da exaustão de leituras e da sensação de vazio que lhe tirava o sono, uma nostalgia de adolescência apareceu como uma salvação: um cubo mágico de lego. Não sabia de onde havia surgido aquele delicioso objeto colorido numa mesinha do pátio entre as duas casas, sob a caneleira de sombra generosa. Suspeitava que fosse uma astúcia da mãe. Começava então a girar o brinquedo entre as mãos e proustianamente — não podia evitar essa citação, que o aborrecia pela total falta de originalidade — viajava no tempo. Era de novo o menino de cabelos longos ouvindo rock. Janis Joplin era a sua musa. Dava-se conta assim da multiplicidade de eus que havia representado ao longo da vida. Cada vez que se referia a um deles, deixava outros tantos de fora.

Depois de alguns dias estava tão bom, como fora um dia, na prática do cubo. Atingia o objetivo cada vez mais rápido. Resolvia em segundos a composição das cores. Mesmo assim, persistia. Era como se repetir o gesto abrisse portas que já não via. Pensou até em participar de algum grupo de fanáticos por lego ou de entrar em competições que certamente encontraria na internet. Deu-se o trabalho de pesquisar na web. Uma súbita vergonha do que fazia o impediu de continuar. O sobrinho, que raramente saía diante dele do seu mundo interior protegido pelos imensos fones pretos de ouvido, ao vê-lo repetir mecanicamente aquele processo de ajuste de cores, sobressaltou-se. Aos 17 anos, tinha uma voz rouca e bonita:

— Tem coisa mais interessantes nos games, tio. Quer que te ensine?

Recusou prontamente. Nos dias seguintes tentaria entender o que o assustara naquele oferecimento inesperado. Não tinha problema com tecnologia, não se via entre os que denunciavam o fim das relações presenciais por causa da inteligência artificial, não acreditava que os jovens fossem melhores ou piores por causa dos grandes fones de ouvido. Nos seus momentos lamarckianos, porém, imaginava-os com orelhas diminutas ou gigantescas. Não se decidia sobre essa involução. Não admitiu formalmente para si mesmo que o nó fora a pergunta final do sobrinho: "Quer que te ensine?" Estava velho demais para ser ensinado? Percebia no verbo ensinar uma condescendência etarista? O rapaz, cujo nome por vezes esquecia, Joelson, mergulhou de vez no seu universo particular, dispensando-se de novas gentilezas com o tio.

Então Miguel sonhou novamente com o tigre.

Foi nessa época que disse ao pai:

— É estranho ser esquecido em vida.

O pai, imerso nos seus esquecimentos, não respondeu de imediato. Talvez seja preciso esclarecer um ponto essencial para evitar mal-entendidos: Miguel não se sentia infeliz. Aguardava a grande ideia que o reinseriria no mundo e isso o enchia de entusiasmo e esperança. Vivia para essa redenção. Não podia, contudo, deixar de refletir sobre o que sentia, vivia, tocava. Era interessante demais. Como se sabe disso? Pode-se dizer que registrava tudo no bloco de notas do seu celular. De qualquer maneira, não é preciso. O leitor acredita se quiser. Se alguém discorda, um sinal se acende: há um leitor.

Mas, de fato, fazia do bloco de anotações do celular o seu diário. Deixou milhares de arquivos meticulosamente organizados.

— Há pior — disse, enfim, o pai.

— Pior do que ser esquecido?

— Sim. Esquecer.

Aquele homem que havia sido seco, quase brutal, tinha os cantos dos olhos umedecidos. Miguel o abraçou como jamais fizera. Depois, retirou-se para o seu *bunker*, já reduzido a cafofo, e entregou-se à doce e melancólica reflexão sobre o que chamaria de mecanismos do esquecimento. Pensava nos colegas de escritório, especialmente em Mariana, e se perguntava: em que momento teriam parado de falar nele? Pensava nos jornais para os quais havia escrito e se interrogava: em que momento o teriam esquecido? Alguém teria dito que estava fora da agenda? Como essa informação passaria de geração em geração? Então se dava conta de que o esquecimento é autorreprodutivo. Divide-se por cissiparidade — gostava dessa palavra — ao infinito. Nada mais.

Sobreveio um surto criativo. Ou de euforia. Miguel sentia que se aproximava a hora da concepção. Acontecia-lhe de dizer ao pai que estava prestes a parir. Nesses dias de agitação comia o que a mãe lhe trazia, sem verdadeiro apetite, temendo perder tempo com as refeições. Os pratos com restos de comida acumulavam-se até que alguém fosse retirá-los. Havia um cheiro de azedo no ar. Quando parava era para ler com urgência alguma página clássica a fim de recuperar uma frase de Shakespeare, um modo de moldar a oração de Kafka, a secura de Hemingway, uma fineza de Fitzgerald, detalhes de forma, sua obsessão.

A solidão que o devorava em certas noites dera uma trégua. O seu mundo estava novamente povoado de personagens e de expectativas. Rascunhava para treinar o estilo. Imprimia para sentir a textura das páginas salpicadas de pontos pretos que nada significavam. Amontoava papel ao lado da cama. Levantava-se de madrugada para conferir uma palavra que não pretendia usar quando chegasse a hora. Pegava implicância com algumas palavras, nojo mesmo, por razões que desconhecia e não tinha tempo para investigar. Por exemplo, nódulo, esquisito, benemerência, alfinete, rosada, noturno. Por mais que amasse os anacolutos recusava-se a usar essa palavra. Pensava nela como numa obra de Modigliani e isso o deixava bastante agastado.

Já não dormia à noite, logo ele que sempre fora de criar em horário de expediente, burocrata da literatura — como zombava Mariana, sempre ela, a única mulher que se atrevera a dizer-lhe tudo o que pensava —, só conseguindo apagar-se ao amanhecer, depois de dezenas de folhas impressas até com palavras pela metade. A grande ideia era exigente. Não se entregaria de qualquer maneira. Numa manhã em que se prontificou a levar-lhe café, com o pão caseiro que ele tanto gostava, a irmã mostrou que estava decidida a atacá-lo por um ângulo novo:

— Impossível que você não tenha a menor pista dessa ideia — disse.

— Não tenho.

— Claro que tem. Vai, fala.

Ele vestia um pijama azul maltratado. Ela, com seu roupão avermelhado aberto, deixava entrever o corpo cansado. Havia sido bela. Em algum momento, contudo, perdera o interesse pela própria beleza e deixara para trás os cuidados da juventude. Ocupava-se do filho do jeito que podia. Jamais se referia ao pai do rapaz. Um acordo tácito entre todos nas duas casas evitava conflitos. Cada um falava exclusivamente do que lhe interessava. Joelson jamais abria a boca.

— Vai ser um romance?

— Não sei ainda.

— Uma novela?

— Já disse que não sei.

Foi aí que ela o surpreendeu com uma pergunta desconcertante, como se buscasse o ponto mais frágil de uma cidadela blindada:

— O que é a literatura, Miguel?

Depois de balbuciar uma resposta, algo do tipo, o máximo com o mínimo de palavras, foi a vez dele de surpreendê-la brutalmente:

— Tenho conversado com alguém de madrugada.

— Que alguém?

— Alguém.

— O tigre?

— Capaz! Não, ele não fala comigo.

— Com quem então?

— Uma mulher.

— O que ela quer?

— Um grande livro.

Havia tomado meia xícara de café com leite. Marta notou que migalhas de pão se prendiam na barba branca e rala dele por fazer. Até o banho — ele sempre amara se demorar sob a água quente — andava esquecendo. Levantou-se e limpou o queixo dele como se cuidasse de uma criança, como fizera, pela última vez, com o filho havia muitos anos, gesto do qual estranhamente ainda se lembrava. Limpou-o como fazia com o pai, aquele fantasma de si mesmo, cada vez menos atento à higiene pessoal e aos rastros de comida que se grudavam nele, até nos cotovelos. Adotou um tom terno, quase infantil, e convenceu o irmão a tomar banho, trocar de roupa, barbear-se. Ficou de plantão ali enquanto ele executava as ordens recebidas. Surgia outro homem.

— Agora, sim, um escritor — ela disse, com orgulho.

Não falaram mais da mulher que lhe aparecia nas madrugadas.

Descansou naquela manhã. Se o lego já não o acalmava, embora continuasse a manipulá-lo com a agilidade de um profissional, foi outro objeto que lhe prendeu a atenção até a hora do almoço: uma espécie de redoma transparente, em forma de meia-lua, com um feltro azul no fundo, dentro da qual se lia a palavra "Nottingham", com o N torneado, feito uma serpente retorcida. Parecia uma bola de cristal. O seu segredo, porém, era conhecido de todos, embora nem sempre lembrado: havia feito um curso de especialização em direito na Inglaterra. Chegara a falar um inglês bastante aceitável. Trouxera aquela lembrança de sua última viagem à Europa. Não a via fazia algum tempo. Quem a colocara ali ao alcance da sua mão? Pensou, mais uma vez, numa astúcia da mãe para distraí-lo da sua angustiante espera.

— Já passou o carteiro? — perguntou ao sobrinho.

— Carteiro?

Joelson estava com os cabelos molhados e sem os fones de ouvido. Mexia num laptop sobre a mesa instalada à sombra da caneleira. Não estivessem ali, no pátio entre as duas casas, não o teria reconhecido.

— Acho que nem tem mais isso, tio, tá ligado?!

— Como não tem?

— Em que o mundo o senhor vive, tio? Carteiro, meu Deus!

Ofendido, Miguel sacou o celular e revistou seus aplicativos. Nenhuma mensagem da editora à qual havia mandado o seu original como teste. O sobrinho perguntou-lhe o que tanto esperava. Surpreendeu-se tentando explicar sem revelar informações de que se arrependesse.

— Um livro, pra ver se querem publicar — disse.

— Que livro?

— Um livro meu.

— Sobre o que, tio?

— Uma história de amor.

— Pô, tio, vai por mim, a galera quer é livro de terror.

— De terror? Que galera?

— A galera, tá ligado, que se amarra em livro.

Bateu em retirada para o quarto. Era exposição demais para um mesmo dia. Gostou, no entanto, de constatar que a sua teoria continuava válida: as pessoas são muitas e, de repente, um desses eus pode vir à tona. A teoria não era bem sua, mas não ia discutir consigo mesmo esse detalhe, não naquele momento de alegria. Sentou-se numa cadeira de balanço, surgida tão misteriosamente na frente da casa quanto o lego e a redoma de vidro, e deixou-se repousar satisfeito. Dormiu até que a "bola de cristal" caiu-lhe aos pés. A cena levou-o a pensar num poema de Pablo Neruda que um colega de escritório, Ademir, amava. Foi conferir os versos que o outro citava para Mariana:

"Caiu o livro em que sempre pegamos ao crepúsculo, e como um cão ferido rodou a minha capa aos pés."

Por que Ademir, francófilo de comer queijo depois do jantar, gostava de tais versos? Por que ficava aborrecido quando o ouvia citá-los para Mariana? Resolveu conferir no idioma de Pablo Neruda:

"Cayó el libro que siempre se toma en el crepúsculo, y como un perro herido rodó a mis pies mi capa."

Muito melhor, considerou. Por que diabos Ademir citava esses versos em tudo o que escrevia, até em petições a juízes do trabalho? Lera que Neruda era machista, odioso, egocêntrico. Soubera que os chilenos o haviam trocado por Gabriela Mistral como poeta nacional. "Definitivamente", pensou, "Ademir não bate bem da bola".

Era o que diziam.

Mariana, porém — irritou-se —, derretia-se com o nerudismo.

Então começou a rir. O sobrinho, ainda sem os fones de ouvido, voltou-se para ver o que lhe acontecia. Estava rindo de que mesmo? De uma tradução que lhe fazia pensar que a capa aos pés era a do livro:

"Caiu-me o livro que sempre se escolhe ao crepúsculo,
e como um cão ferido rolou-me aos pés a capa".

A mãe também ouviu a sua risada. Ela se debruçou à janela de trás, o que não fazia havia anos, como que para ver uma peça de teatro de um balcão. Aos poucos, sentiu uma alegria que não saberia explicar:

— Como é bom te ver assim tão feliz — gritou do seu camarote.

Absorto em sua espera, Miguel dispensava-se de qualquer preocupação com evidências. Havia passado a vida procurando provas. Liberto, focava no seu interesse absoluto. A realidade, essa coisa que sempre lhe parecera externa e inapreensível, figurava então como uma miragem cotidiana. Pouco se lhe dava que a irmã, dependente de tudo o que fazia por ela, passasse os seus dias exalando uma ingratidão injustificada. Até que ouviu uma conversa bizarra. Fora à casa da frente pedir um copo de suco de tangerina, fruta cujo sabor forte ainda mexia com as suas papilas gustativas, quando se deparou com a cena: o sobrinho, com suas roupas hip-hop, estava sentado num banquinho de três pernas diante da mãe dele vestida para malhar, ainda que ela se recusasse a qualquer exercício físico desde algum tempo.

— O tio é muito estranho, mãe.

Trazia apenas uma orelha tapada pelo fone. Marta espirrou antes de responder. Estava gripada. Chegava a se gripar três vezes por ano. Resistia a se vacinar por não se considerar idosa. Então falou:

— O que há de estranho nele?

— Ora, mãe, tudo.

— Tudo o quê?

— Ele não tira o nariz do celular, mas espera o carteiro.

— Que tem de mais nisso?

— Ninguém mais espera carteiro, mãe.

— Coisa dele. Um livro que mandou pra uma editora.

— Duvido.

— Como assim? Duvida de quê?

— Que ele tenha mandado algum livro.

Marta não sabia o que dizer. Ficou olhando para o filho como se o visse pela primeira vez. Soprava uma brisa agradável. O céu, que se podia ver, ao menos uma nesga, pela janela, estava de um azul pálido. Crianças gritavam nas calçadas. Um cachorro latia insistentemente.

— Desde quando se interessa pelo seu tio? — acabou dizendo.

— Sei lá. Só acho que ele é bizarro.

— Deixa teu tio em paz.

— Por mim, ele morre em paz.

— Que jeito é esse de falar, menino?

— É o meu jeito, ora.

— Ele é do bem.

— Não disse o contrário. Mas que é estranho, é.

— Não vejo nada estranho nele.

— E o tigre?

— Quem não tem pesadelo?

— Eu não tenho.

— Você não tem nada dentro da cabeça.

Prudentemente Marta se absteve de comentar sobre a mulher com quem o irmão dizia conversar de madrugada. O filho não entenderia.

Ouvir aquela conversa repercutiu de um modo inesperado na mente de Miguel Rogério. Sentiu-se visceralmente estranho. Sentado na cadeira de balanço, de costas para a casa da frente, tendo na lateral do seu *bunker* cada vez mais entulhado um pequeno pomar de três laranjeiras e um pessegueiro, viu-se devorado por repentinas angústias que se debulhavam em perguntas: o que estava mesmo fazendo ali? Por que não ligava para Mariana? Por que ela não o procurava? Quando teria, enfim, a sua grande ideia? Como saberia reconhecê-la? A rotina, gostava de dizer no escritório, quando ainda tentava impressionar Mariana com frases esculpidas, é um prato que se esquenta no micro-ondas. Era esse o quinhão que o destino lhe reservava? Pratos requentados?

Dentro de um livro sobre Rimbaud, que tirou da estante ao acaso, encontrou um cartão-postal que alguém lhe enviara de Paris em abril de 1988: a reprodução do quadro de Degas *Cavalos de corrida*. Ficou horas contemplando a imagem: oito jóqueis, com suas blusas coloridas, azul, rosa, calças brancas, numa paisagem que lhe pareceu inóspita. Havia definido a angústia como uma pulga que não para de picar, sabendo-se que pulgas preferem sangue animal ao humano. Um dos cavalos do quadro de Degas está ligeiramente afastado dos outros, virado na direção oposta. Não se pode ver o rosto do cavaleiro. Sentiu-se aquele homem de rosto indefinível de costas para montes rosados ao longe.

Havia uma mensagem no verso do cartão-postal: "Em junho, em Minas, quando entardece, as montanhas têm essa cor... ela disse, a ela (ou seria a ele?), quando já era primavera, em abril, em Paris. A emoção da beleza, trilhada, palmilhada, partilhada, palmo a palmo, na palma da mão. Você me colhe". Quantas vezes tinha perdido a oportunidade de colher o que a vida lhe oferecera ao entardecer? Sabia que os fracos elogiam os fortes, que, por generosidade, os ignoram.

Havia passado a vida lendo, continuava a ler como se fosse uma máquina ativada para correr seus olhos mecânicos sobre linhas intermináveis, acendendo luzes e emitindo sons de vez em quando. Por que essa máquina guinchava diante de certas frases e não de outras? A sua vida, como costumam dizer os que leem pouco, era um livro aberto. Não matara, não roubara, amara na média dos homens comuns do seu tempo, viajara, tivera desejos inconfessáveis, confessados a alguns amigos em momentos que teria sido melhor evitar, e gastara parte de suas economias em lugares que lhe permitiam recitar: "Uma noite, sentei a beleza em meus joelhos e achei-a amarga, e a injuriei".

Era isso.

Na televisão viu a reportagem sobre o assassinato de uma negra, numa loja de roupas femininas, acusada de roubo de lingerie. Ali, na cidade, não longe da sua casa. O apresentador do telejornal, a repórter e o comentarista enfatizavam dois aspectos: a vítima era negra e lésbica. Havia deixado cair a nota da compra logo depois de passar no caixa. Seguranças implicaram com ela e a conduziram para um reservado. Ela começou a gritar. Levou um golpe no pescoço. Fatal.

— Esse é um tema de respeito, meu filho — disse-lhe o pai.

Estavam juntos na sala da casa da frente. O pai quase não ia vê-lo nos seus domínios. Na verdade, já não saía dos seus. Acostumara-se rapidamente, caso se possa falar assim, sem cometer uma falsificação, ao seu novo espaço. Se não agradecia, não reclamava. A demência que o consumia lentamente cedia aos medicamentos, fazendo dele um paciente sonolento ou um sonâmbulo paciente. O mais difícil era fazê-lo mudar de roupa. Apegava-se aos velhos pijamas e não via razão para trocá-los com frequência. Vez ou outra, emergia dos seus sonhos desconhecidos para fazer uma observação pertinente ou impertinente. Depois, retornava ao seu silêncio entrecortado por fungadas alérgicas.

— Acho nojento o que fizeram com essa mulher — disse Miguel.

O pai já estava em outra reflexão. Se ouviu a resposta, ignorou-a. De que se lembraria? Como ocuparia os seus pensamentos?

Eram perguntas que Miguel se fazia quando saía das suas especulações literárias para contemplar o rosto em ruínas do velho motorista. Aquele rosto lhe fazia lembrar das aulas de geografia sobre as placas tectônicas. Afinal, o que é uma vida? Fizera essa pergunta ao pai quando o velho ainda emitia opiniões sobre a existência dos outros. Contentara-se com a própria resposta: uma sucessão de tomadas de decisão. Acerta-se e erra-se mais ou menos na mesma proporção. O final, no mais das vezes, resultaria da loteria existencial. Essa era outra obsessão de Ademir, quase tão forte quanto a sua fixação pelos versos de Neruda. Ademir lera num escritor de província que cada um tem o dia do sorteio da doença que o vai matar. Chegava dizendo:

— Saiu o sorteio do Oto.

— O que deu? — era Mariana quem perguntava.

— Câncer da próstata.

A reportagem continuava. Eram três homens brancos e fortes os seguranças que haviam conduzido a vítima para o reservado. O pai já não olhava para a tela. Miguel Rogério ainda assim disse em voz alta:

— Eu não teria o direito de escrever sobre esse assunto.

❖

Não queria mais que entrassem no seu reduto para limpeza. Avisou que se encarregaria de tudo para preservar a sua privacidade. Marta, quando aparecia, era somente para perguntar pelos seus fantasmas.

— Tem sonhado com o tigre?

— Três vezes por semana.

— E a mulher tem aparecido?

— Agora, não.

— O que ela disse quando veio?

— Não lembro de tudo.

— O que queria?

— Vingança.

— Como assim? Contra quem? Por que com você?

— Não disse. Ela me escolheu e pronto.

— Joelson diz que você inventa.

— Eu invento.

— Então, admite?

— Sou um escritor. Enfim, quero ser.

— Não tem tigre nem mulher?

— Nem nós estamos aqui agora.

A irmã fez um gesto de enfado como se dissesse que perdia tempo tentando ajudar aquele ser teimoso, emagrecido e de barba suja. Nunca haviam sido realmente amigos, não de trocar confidências sobre amores, casamento, apostas na vida ou na morte. Cada um, em determinado momento, estivera ocupado demais com as próprias certezas para ouvir as dúvidas do outro. Ela era linda; ele, ambicioso. Qualidades assim podem provocar grandes vitórias ou derrotas ainda maiores. Se há sorteio de doenças, ele achava que também existiriam os sorteios de bifurcação ao longo do caminho. Em Londres, conhecera um húngaro que decidira com um baralho se devia voltar para casa ou continuar os estudos na Inglaterra. Voltara para uma aldeia a trezentos quilômetros de Budapeste uma semana depois da escolha tomada pelas cartas.

— Por que não escreve sobre esse espectro que te visita?

— Alguém já fez isso antes de mim — ele disse rindo.

— Eu li Shakespeare — respondeu ela, ofendida.

— Acredito.

— Machista.

— Algumas vezes.

— O espectro do Hamlet não era mulher.

— Pode ser, Martinha, mas não é essa a grande ideia que espero.

— Como sabe?

— Eu sei.

Ela já não o escutava. Ouvi-lo falar Martinha, diminutivo de quando tinham dez ou doze anos de idade, desconcertou-a. Pensou que ele estava mudando, que se agarrava a algo concreto, especulou que ainda havia uma chance para ele, que não se perderia de vez no seu mundo de fantasias, ilusões e ambições desmesuradas e inúteis.

— Por que não vai ao médico?

— Que médico? Não estou doente.

— Você sabe.

— Não, não sei.

— Sabe, sim.

— Um psicanalista?

— Psicanalista não é médico, idiota.

— Um psiquiatra, querida?

— Por que não?

— Esperar uma grande ideia não faz de alguém um louco.

Era preciso admitir que ela lhe fazia as melhores e as piores perguntas: havia perguntado, numa noite em que ele voltara ao lego, se tinha um projeto estético. De onde tirava essas expressões? "Viu, não tem", ela o alfinetara. Vira-se obrigado a responder.

Sim, tinha um projeto estético: escrever sempre o mesmo livro, com focos diferentes, fazendo com que uma obra saísse de dentro da outra, todas diferentes e iguais, uma boneca russa de milhares de páginas. Os apressados veriam somente as semelhanças. Os modernos, apenas as diferenças. Quem veria o todo? Ela não lhe dava repouso. Hesitara antes de fraquejar: "eu".

— Coitadinho — seria a estocada mortal que ela daria.

Uma superlua ensanguentava o céu da pátria naquele instante.

❖

Nessa altura, começaria um novo movimento no interior do redemoinho que o levara à sua grande aposta: tudo ou nada. A irmã dissera-lhe que, para um escritor, ele fazia poucas citações de outros escritores. Era verdade. Queria ser livre das influências, ao menos das dependências, embora acreditasse na teoria de que todos os textos se encadeiam, complementam, enfrentam. Tinha, porém, as suas citações para as necessidades públicas: "Escravos, não amaldiçoeis a vida". Se falava isso, não era em meio a alguma discussão, que não as tinha, mas como ponto final a momentos de silêncio constrangedor, quando, diante dos seus, calava-se de um modo agressivo, sem encontrar palavras para refundar o pacto familiar. Uma vez, dissera: "É chegado o tempo dos assassinos". A mãe ficara sobressaltada. "Ou dos assassinados", ele complementara, como se falasse com alguém que só ele ouvia.

Então — gostava de começar frases com esse termo, que a irmã rotulava de tique — recuou para o mais fundo de si e do seu *bunker*, cafofo, biblioteca, ratoeira, como já dizia a mãe, que enxergava antes de todos os passos que ele dava em direção ao seu abismo pessoal. Um precipício com ar quente e frio, carpete, pizza por telefone, livros que subiam pelas paredes — Rimbaud, Nerval, Poe, Borges, Neruda, Vallejo, Baudelaire, Arlt — e plantas que não morriam de sede graças à intervenção da mãe, que não se submetia a todas as ordens do filho.

Instalou uma pequena mesa na área coberta diante da casa do fundo. Um alpendre. Ali deveriam ser depositados os pratos de comida que a mãe considerava seu direito lhe enviar. Nessa época, quando parecia mais afastado do mundo, começou a esculpir igrejas em pedra-sabão. Estabeleceu-se uma pequena e inesperada cumplicidade entre ele e Joelson, que se encarregava de trazer-lhe o material necessário em troca de comissões não oficializadas, que Miguel estava convencido de que seriam utilizadas para fins ignorados pela mãe do rapaz. Salvo se ela fazia de conta que não sabia em nome de uma sábia ignorância. Miguel, contudo, cumprira o seu dever de tio zeloso aconselhando:

— Um baseado, sim. Crack, nem pensar.

Joelson fez que sim com a cabeça e assim selaram o pacto. Já não conseguia ouvir música, nem sequer Beethoven, a quem jurara devoção eterna, às vezes, em final de tarde, filetes de jazz, especialmente de Stan Getz, que Ademir considerava um músico medíocre. Como esquecer as provocações que o outro fazia, diante de Mariana, Fábio, Raul, Diogo e Titi? Por que ainda pensava nisso? Ademir fora nada mais do que um desconforto sentido durante algumas décadas. Uma nota de rodapé.

O presente é que contava. O escritório não existia mais. Tudo atrapalhava a concentração necessária ao recebimento da grande ideia. Não pretendia se socorrer recorrendo ao seu passado, bebendo em recordações — lembranças todo mundo tem, dizia —, romantizando viagens e traumas. Considerava esse tipo de procedimento esgotado. Nas conversas que tinha de madrugada, chamava de trapaceiros os que continuavam a inventar lembranças para encher páginas. Podia contar, se quisesse, seu drama num hotel de Roma, suas derrotas em Berlim, suas buscas no Rio de Janeiro, suas decepções em São Paulo, seus dias intermináveis em cidades cinzas da Inglaterra, o dia em que vira um homem ser assassinado em Paris ou simplesmente os seus pacatos anos a serviço de Alonso & Macedo, Advogados Associados. Não o faria. Podia até mesmo inventar uma história de amor. Quem seria a protagonista desse novo velho romance? Por que não uma distante e bela Mariana?

O único momento em que ainda fazia a travessia da casa do fundo até a casa da frente era quando a mãe lhe gritava da janela:

— Aí vem o carteiro.

Também isso acabaria, curiosamente em setembro, mês que sempre o iludia com sua promessa de boas novas. Igrejinhas em pedra-sabão ocupavam cada vez mais espaço na varanda, onde também se amontoavam livros. Expulsara da parte interna uma coleção da enciclopédia *Universalis*. Despejara também os livros de estação, aqueles que, como as musiquinhas coreografadas de verão, somem com a chegada do outono. Sentia-se, contrariando o que a mãe imaginava, muito leve. Deixava pelo caminho os fardos que, nos seus tempos de camelo, fora obrigado a carregar. Era, enfim, um homem disponível para a arte total.

No espelho do banheiro podia se ver de corpo inteiro: magro, cabelos brancos crescidos, quase nos ombros, barba por fazer, rosto chupado, ombros largos, nariz reto, olhar plácido, expressão de tranquila convicção sobre tudo e nada. O cartão-postal do quadro de Degas, colado num canto do espelho, chamou a sua atenção. Já não se sentia como o jóquei sem rosto ou de rosto indefinível. Estranhamente se identificou com o seu cavalo, um animal cujos olhos não apareciam.

O *bunker* estava atulhado de coisas. Tentou dar uma arrumada. Não foi muito longe. Classificar era algo que sempre o envergonhava. Temia se revelar demais nas exclusões que fazia. Notou que o lego havia sumido. No alpendre, sobre o banquinho de três pernas no qual sentava para contemplar o pôr do sol, achou um objeto que há muito não via. Segurou-o na palma da mão esquerda e sorriu. Não, riu sozinho. Quem o teria colocado ali? Não teve dúvidas de que era mais uma artimanha da sua mãe. Ela estava decidida a distraí-lo. Já havia decretado que a tal espera de uma grande ideia não passava de uma "rematada" bobagem. Quando usava esse termo, era que não havia mais apelação possível. A decisão havia transitado em julgado para ela. Porém, não para ele.

Miguel Rogério, o homem à espera da grande ideia que lhe abriria tardiamente as portas do futuro, viu-se na solidão pálida da manhã brincando com o pião. Definitivamente o passado não o abandonava.

O pião fora o seu brinquedo predileto até os treze anos, quando Jules Verne irrompera na sua vida fazendo furor e pondo tudo a rodar.

A rotina é uma infiltração, dizia Miguel Rogério, na época em que fazia dela um meio para se acalmar à espera da libertação, pois era assim que enquadrava o encerramento da carreira de advogado, à qual se dedicara pacatamente, como se dessa paciência dependesse a literatura. Evitava falar dos estragos que ficavam sugeridos. Um dia leria que o octogenário Mick Jagger, aos 32 anos de idade, se prometia não chegar aos 45 anos cantando "Satisfaction". Instalado em sua nova rotina, ouvindo Rolling Stones para cimentar hábitos, Miguel tecia pequenas cumplicidades para se proteger dos imprevistos e das saídas. Fazia toda a sua movimentação financeira por aplicativo. Quando se tornava imperativo ter algum dia dinheiro vivo, o que apesar da enorme evolução tecnológica ainda se fazia necessário, pedia ao sobrinho que sacasse para ele em algum caixa eletrônico. O custo era baixo.

Então — já começava toda frase sobre algo que considerasse importante com essa palavra abrupta, que para ele indicava movimento inexorável — viu o que dizia ter visto. "Então você veio mesmo", falou. Não se sentia chocado. Nem mesmo surpreso. Parecia-lhe natural.

As pilhas de livros subiam pelas paredes sem qualquer classificação. Tomara gosto por obras de vulgarização científica. Em meio a romances de franceses, ingleses, noruegueses e americanos, apareciam livros de outra natureza: *Factfulness — o hábito libertador de só ter opiniões baseadas em fatos*, de Hans Rosling; *Não tenho a menor ideia: um guia para o universo desconhecido*, de Jorge Cham e Daniel Whiteson; *Reviravolta, como indivíduos e nações bem-sucedidas se recuperam de crises*, de Jared Diamond; *O gene, uma história íntima*, de Siddhartha Mukherjee; *Homo Deus*, de Yuval Harari. Adorava esses livros que, em algum momento, pareceram-lhe detestáveis. Karl Ove Knausgård disputava espaço com Damon Galgut, Amanda Lovelace e Bret Easton Ellis.

Caixas de pizza acumulavam-se sobre o balcão que antes servia de depósito para pastas e revistas. Uma fila de baratas ligeiras atravessava regularmente a peça do banheiro para a pequena cozinha. Algo havia mudado. A desordem criativa ganhava ares de escombros.

De manhã, quando a mãe lhe gritara da janela do fundo da casa da frente, "o carteiro vem vindo", respondera de maneira seca:

— Não o espero mais. Acabou.

Acumulava, no bloco de notas do celular, histórias cujo sentido lhe escapava ou que haviam sido inventadas para não entregar plenamente o que significavam. Uma delas lhe fora contada pelo falastrão Ademir, sempre a coçar a sua espessa barba ruiva: "Na praça da cidade, em presença do rei, um capitão vê a morte lhe fazer sinal. Aturdido, confessa ao rei que vai se esconder em Samarcande. E foge. O rei, curioso e cioso dos seus poderes terrenos, interpela a morte, que nunca mente: 'Eu não queria assustá-lo. Só queria avisá-lo que temos um encontro marcado esta noite em Samarcande'." O que lhe chamava a atenção nessa historieta? Por que não a esquecia? Por que a ligava a um pequeno conto do mágico argentino René Lavand?

"Havia terminado a guerra, a patrulha em retirada. Um soldado pede permissão ao seu capitão para voltar ao campo de batalha em busca de um amigo. Se lhe é negada a permissão.

— É inútil que vás, lhe diz o capitão. — Está morto.

O soldado desobedece a ordem. E vai em busca de seu amigo. Regressa com ele nos braços... morto.

— Eu lhe disse que era inútil que fosse — diz o capitão.

— Não, meu capitão. Não foi inútil... Quando cheguei ele ainda estava com vida. E somente me disse: 'Sabia que você viria'."

Miguel gostava da sonoridade dessa fala em espanhol. Ocorria-lhe de dizer à mãe, ao pai, à irmã, ao sobrinho, a algum vizinho:

— *Sabia que ibas a venir!*

Já ninguém mais vinha.

Viu o que dizia ter visto e não podia mais negar essa visão. Impressionante era que não se sentia impressionado. Dissera-lhe:

— *Sabia que ibas a venir*!

— Não, não sabia.

— Se estou dizendo...

— Não desista — disse ela.

— Desistir de quê?

— Do seu sonho.

— E se for pesadelo?

— Um pesadelo pode ser um sonho que não se teve coragem de sonhar até o fim, como um livro abandonado pela metade — ela respondeu.

Via sem ver. Não havia corpo. Porém, não era somente uma voz. Talvez fosse o significado de uma expressão que lera em filosofia: presença de uma ausência. Ou seria, no caso, ausência de uma presença?

Nesses dias, que já prenunciavam os primeiros calores, rabiscava em imaginação contos estranhos. Num deles, Dom Quixote frequentava um psicanalista lacaniano e um psiquiatra que lhe receitava uma montanha de remédios. Noutro, Michel de Montaigne visitava os canibais e se comovia com eles. Num terceiro, inventava-se um aplicativo capaz de fixar com 99,9% de certeza a data da morte de qualquer pessoa. Como viver com a morte na agenda? Assim seriam as suas noites por algum tempo, divididas entre o desespero do tigre e a placidez dessa visão que se pretendia estimulante, embora o deixasse prostrado.

— Você tem encontro marcado — dizia-lhe ela.

— Em Samarcande? — ele perguntava ironizando.

— Com o seu destino de escritor — ela respondia.

Começaria a fazer pesquisas sobre a palavra "destino": fatos inevitáveis vinculados a uma ordem cósmica. Encantava-se pensando na possibilidade de o universo ter previsto o seu lugar exato na imensidão do tudo, que, por expansão, pode ser visto também como o nada. O universo, que também podia ser chamado de Deus ou de natureza, ocupando-se bondosamente de cada existente, da mais insignificante minhoca até ele. Buscava a palavra "destino" em outras línguas. Em alemão, *Bestimmung*, palavra que, embora já soubesse o significado, soava-lhe tão estranha ou até risível como se fosse mundo de bestas.

Em francês, *destin*: "Potência capaz de fixar de maneira inexorável o curso dos acontecimentos". Havia um curso dos acontecimentos? Como o leito de rio? O espanhol parecia-lhe mais realista: *suerte*, *fatalidad*, *fortuna*. Tudo e nada. Como a vida.

Descobriu que nos Estados Unidos da América, no condado de Okaloosa, na Flórida, existe uma cidade chamada Destin. Se o seu destino já não estivesse fixado, com a agência de viagens fechada, iria até lá. Uma cidade de pescadores afortunados, uma cidade afortunada de pescadores, ao sol. Pescaria, quem sabe, a sua sorte, a sua fortuna, uma nova sorte, uma segunda e última sorte a quem diria renovado, triunfante, cabelos, que não tinha, soltos ao vento:

— *Sabia que ibas a venir!*

Acossado pela insônia, atravessava noites em claro escrevendo contos na imaginação, conjecturando sobre o destino e vendo as baratas em fila migrando da cozinha para o banheiro ou vice-versa.

— Por que elas se mudam? — perguntava.

Ocorria-lhe de, no meio da noite, fazer rodar o pião.

Foi aí que algo realmente inesperado lhe aconteceu, caso ainda seja possível falar em coisas inesperadas naquele canto da galáxia: teve uma polução noturna. Sonhou com uma polonesa que conhecera em Londres, com a qual havia experimentado uma relação puramente sexual, e acordou molhado. Sentiu-se ridículo, como quando era adolescente e não se controlava de tanto desejo. Por outro lado, ficou quase feliz: então ainda era capaz de gozar? Era em Londres, era a polonesa, era Anninka, era primavera. O rosto dela, porém, era o de Mariana.

Afinal, o que Mariana representava na sua vida? Não sabia. Imaginava, contudo, que pouco, pois não a procurava. Ela tampouco se dignava a querer saber dele. Então, como no poema de Neruda, ele se perguntou onde ela andaria, com quem, dizendo que palavras? Que livro andaria lendo? Que processos estariam dando dor de cabeça no escritório? Que clientes ainda olhariam para ela magnetizados por sua beleza e intrigados com seus olhos de paisagem depois da chuva?

Havia participado de um debate com os colegas de escritório sobre os olhos de Mariana. Fora o primeiro a falar em olhos de paisagem depois da chuva. Ademir traduzira a expressão por olhos de estiagem. Fábio, sempre preciso, observara que estiagem é um longo período sem chuva. Logo, sendo olhos de estiagem, seriam olhos de antes da chuva. Raul achava olhos de estiagem muito bonito, embora admitisse que não representavam a imagem proposta por Miguel. Conciliador, propôs: olhos de ventania. Diogo, saindo do seu mutismo habitual, colaborara com uma questão de ordem: o que Mariana achava?

Mariana achava que todos deviam arranjar algo para fazer.

Nessa noite em que pensou nos olhos de Mariana, enquanto as baratas iam e vinham celeremente, Miguel leu inteiro, outra vez, *Pais e filhos*, de Ivan Turgueniev, escritor cujo niilismo admirava.

O cartão-postal dos cavalos de corrida cintilava no espelho.

— Você não é mais o mesmo, filho.

— Nem a senhora é a mesma, mãe.

Estavam sentados frente a frente à sombra da caneleira. Ele ainda vestia o pijama verde, barba sem fazer. Olga já usava as suas roupas floridas de verão. O dia anunciava um forte calor antecipado. Ela havia conseguido o que considerava uma façanha: tirá-lo do seu reduto. Estavam todos mudados. Só não sabiam ainda o que isso significava. Por trás da mulher fatigada havia ainda muita força:

— Amanhã vem um médico ver você.

— Que médico? Não estou doente.

— Um psiquiatra.

— De jeito nenhum, não vou receber.

— Vai, sim, ou corto relações com você.

As mulheres com as quais mais tinha convivido eram fortes. Mariana era assertiva até a alma. Nunca esquecera de quando ela havia recusado uma investida mais séria de Fábio com um xeque-mate:

— Não acredito no casamento. Nasci para ser solteira, ter os homens que eu quiser, na hora que eu quiser, na cama que eu escolher.

— Opa! — fora a única reação do rejeitado.

— Pois é, são os termos dos meus contratos afetivos.

A irmã, que carregava suas mágoas num silêncio majestoso, se a palavra não for demasiado imponente, colocara os pingos nos seus is com poucas e certeiras frases enquanto ele fazia rodar o pião:

— Não pense que preciso depender de homens, de você ou de qualquer outro. Sei o que recusei e não me arrependo. Vou ficar aqui enquanto o pai e a mãe precisarem de mim. Nesse sentido, sou das antigas: eles me cuidaram quando eu precisei, vou cuidar deles agora que necessitam. Se viver mais do que eles, vou botar, um dia, o pé na vida de novo.

Miguel Rogério sabia que teria de atender o médico agendado pela mãe. Examinou o rosto dela como se percorresse as linhas de uma página envolvente. Lembrava-se dela de minissaia levando-o à escola. Não fora vencida pelo moralismo da vizinhança. Se parecia exausta, era, em grande parte, pelos perrengues financeiros que haviam enfrentado na corrida. Era assim que o pai se referia aos seus anos de casamento. Enquanto as mulheres da família ou das redondezas haviam tido muitos filhos, Olga fora das primeiras a louvar as virtudes da pílula, como ainda denominava os anticoncepcionais. Não raro, ela falava assim:

— A pílula nos salvou da miséria e nos deu alguma liberdade.

Olga queria salvar o filho da sua obsessão pela literatura. No passado, fora a primeira a incentivá-lo. Esgotadas as possibilidades mais imediatas de sucesso, sugeria uma guinada filosófica.

— Dá pra ser feliz sem ser famoso, Miguel.

— Claro que dá, mãe, ora.

— A vida é muito curta e você já passou da metade do caminho. Agora é aproveitar o que Deus dá a todos: cada manhã, cada chuva, o sol.

— Sei disso, mãe.

— Ou arranje uma mulher. Nunca é tarde.

— Não quero mulher, mãe.

— Se for um homem, também não tem problema.

— Que é isso, mãe?

— O importante é ser feliz.

— Sou muito feliz escrevendo, mãe.

— Algum sinal da sua grande ideia?

— Muitos sinais. Só que é preciso ter paciência.

O silêncio que se fez na sequência ainda pode ser ouvido. Apenas o canto de um pássaro de peito amarelo, no galho do Ipê que se erguia no pátio do vizinho, quebrava o som da respiração de ambos.

◆

O médico apareceu e desapareceu sem qualquer mágica. Um homem alto, magérrimo, nariz aquilino, olhos claros fundos, vestido como um advogado, enfim, como os advogados que Miguel conhecera no escritório, ou seja, mais ou menos como qualquer homem de profissão liberal por volta dos cinquenta anos de idade, quando surgem as rugas, o cabelo conhece as primeiras grandes entradas e o ceticismo avança. Esperava-o de jaleco branco. Achava que era obrigatório ou de praxe, parte de uma etiqueta médica. Conhecia mal esse setor. O psiquiatra encontrou Miguel Rogério relendo Montaigne: *Dos livros*. O paciente, com inusitada paciência, mostrou-se receptivo e econômico nas citações: "Saber reconhecer nossa ignorância é mesmo uma das mais belas e seguras garantias de que não carecemos da faculdade de julgar". O médico surpreendeu-o com uma citação no contrapé tirada de *Nosso desejo cresce com a dificuldade*: "A própria volúpia busca excitantes na dor; é bem mais doce quando queima e esfola", leu, apoderando-se do volume que repousava ao alcance das mãos de ambos. Miguel disse:

— Não sou masoquista.

— Não quis dizer isso — ponderou o médico.

— Ficou sugerido.

— O que se passa com você?

— Nada. Leio, penso, escrevo, busco uma ideia original.

— A grande ideia que vai mudar a sua vida?

— Por que não?

— Será que existe essa grande ideia, assim?

— Por que não existiria?

— Álcool?

— Raramente. Um cálice de vinho por mês.

— Alguma droga?

— Livros ruins.

O médico percorreu a peça como se buscasse a prova do crime. Percebeu o postal com a obra de Degas colado no espelho do banheiro?

— Qual o significado disso para você?

— Tenho tentado saber.

— Algum resultado?

— Tenho a impressão de que me fala de solidão e esperança.

— E o significado desse espelho grande?

— Gosto de me ver de corpo inteiro.

— O que encontra?

— Minha inteireza: corpo velho, espírito novo.

A fila de baratas irrompeu nesse instante. A tropa vinha da cozinha para o banheiro sem o menor constrangimento com a visita.

— Não acha que o seu ambiente está um pouco descuidado?

— Não sou maníaco por limpeza.

— Sua mãe anda preocupada com seu descuido na higiene pessoal.

Constrangido, Miguel examinou-se. Sim, não estava bem asseado. Exagerava no desodorante sem banho. Sorriu envergonhado. Em seguida, foi atraído por um ponto escuro, um ponto marrom que não se dissolvia:

— Tem uma mancha de café na sua camisa, doutor.

A visita do médico valeu uma receita bem-vinda de Rivotril.

Miguel ficou pensando na gravata do doutor: larga, sedosa, com uma estampa da Mona Lisa. O que significaria aquilo para ele? Antes de sair, o psiquiatra cedera à tentação de fazer rodar o pião.

— Eu era bom nisso — disse, despedindo-se.

No bloco de notas do celular Miguel escreveria: um homem

de bem, meio estranho, absorto em alguma preocupação de família, tristonho.

Dr. Maximiliano Brodowski. Um nome assim.

A partir daí tudo se acelerou. Miguel Rogério sentiu que se aproximava do seu objetivo. Ideias poderosas se apossavam dele e não o deixavam dormir. Algumas se infiltravam nos seus sonhos e não o deixavam descansar nem mesmo nesse mundo paralelo. Outras pinicavam enquanto tentava se acomodar na cama. Precisava levantar e molhar o rosto. Já não era o tigre que o atormentava ou a visão sem corpo a pedir-lhe que não se rendesse. Eram as próprias ideias que se acotovelavam na sua mente, como se concorressem para saber quem chegaria em primeiro lugar, espermatozoides intelectuais em luta pela inseminação de um óvulo literário. Pensou em fazer intervenções em clássicos, como Duchamp colocando bigodes na Mona Lisa. Poderia contar a história pelo ponto de vista de Capitu ou de Madame Bovary. Gostava dessas ideias, já exploradas em parte por outros. Não eram, contudo, o que buscava. E se Capitu fosse uma linda negra com olhos de ressaca? Afastava essas ideias com impaciência. Buscava bem mais.

Queria escrever algo que fosse muito verdadeiro. Veio-lhe uma ideia estranha: e se matasse alguém? A experiência de matar e de ver morrer seria a mais verdadeira possível. Obteria a matéria mais original e mais exclusiva possível. Se o descobrissem, escreveria na cadeia, aumentando a singularidade da narrativa. Se não o pegassem, teria o crime perfeito para contar. Quem poderia matar? Como Getúlio Vargas – lera isso nalgum lugar –, não tinha inimigos de quem não pudesse se aproximar nem amigos de quem não pudesse se separar.

Rodava o pião sobre a mesa, ao lado do computador, e via um dos cavalos de Degas saltar na frente. Rodava novamente e era outro que assumia a ponta. Podia escrever um livro sobre esse postal, no estilo do pessoal do Novo Romance, como Alain Robbe-Grillet, que vira de longe em Paris, na Closerie de Lilas, com seu ar de fauno, ou Claude Simon, de quem gostava e não conseguia imaginar a vida concreta. Na verdade, podia fazer tudo o que quisesse. Por exemplo, contar a história de um psiquiatra em busca da sua salvação. Numa madrugada, ficou nu diante do espelho, examinando seu corpo flácido. Depois, tomou um longo banho quente, fechando a torneira até obter o máximo de calor, o que sempre lhe dava enorme sensação de prazer. Em seguida, abriu só no frio e teve uma espécie de choque. O corpo reagia. Teve vontade de sair pelas ruas para gastar sua súbita energia.

Aí, nesse exato momento, capitulou. Ligou para Mariana. Eram três horas da manhã. Deixou tocar longamente. Ela não atendeu.

Seria capaz de matá-la?

Quando olhou a conta bancária no aplicativo, já numa tarde quente, viu que haviam feito um saque sem a sua autorização. Não era uma quantia grande. Porém, não fora pedida por ele. Em algum momento, achou que isso poderia acontecer. Entre o grande e o pequeno, quando se trata de ilícito, dizia Carlos Alonso, o primeiro nome de Alonso e Macedo Advogados, a única diferença é a dosimetria da pena. A contragosto, obrigado pelas evidências, nomeou o primeiro e único suspeito: Joelson. Às vezes, o sobrinho não lhe devolvia o cartão. Examinou a questão por todos os ângulos: podia reclamar com Marta; interpelar Joelson; fazer uma reunião de família; ligar para o banco.

Preferiu silenciar.

Nesse mesmo dia, com o sol a pino, viu o sobrinho se instalar à sombra da caneleira. Estava protegido por seus enormes fones de ouvido. Miguel foi sentar-se ostensivamente ao lado dele. Joelson não pareceu surpreso com a aproximação, muito menos nervoso. Vestia as suas roupas características. Todo de preto apesar do calor. Depois de meia hora de indiferença, baixou os fones. Olhou para o tio como se examinasse um papiro, um pergaminho, uma pele esquisita.

— Pra que escrever, tio?

— Para existir.

— Você já existe sem escrever.

— Existo só pela metade.

— Quer ser rico?

— Isso é o de menos.

— Famoso?

— A fama não me interessa.

— O que lhe interessa então?

— A obra.

— Como?

— Fazer a obra.

— O que o senhor faria pela obra?

— Tudo.

— Tudo o quê?

— Até matar.

Joelson estendeu-lhe a mão erguida em posição vertical. Miguel Rogério atrapalhou-se um pouco até compreender a execução do gesto. Quando, enfim, cumprimentaram-se, o sobrinho concedeu:

— Gostei da pegada, tio. Massa!

Na solidão do seu cafofo, entre livros e ideias para outros, Miguel Rogério experimentava a maior quietude da sua vida. Nos tempos do escritório, dos quais se lembrava com a nostalgia de décadas passadas, embora fossem somente alguns meses, podia ficar em silêncio por dias seguidos. Porém, não podia impor silêncio aos outros. A vida que levava na casa de trás não se parecia com qualquer outra que conhecesse. A angústia que o roía não tinha a ver com preocupações materiais ou com cobranças do andar superior. Era apenas a intranquilidade dos que estão livres demais. Chegava a não saber o que fazer com as mãos. Para se aliviar, digitava poemas. Ou novos começos de livros que não teriam um fim. Chegou a esboçar 423 começos.

O pai já não o visitava. Via o velho taxista de longe para não ter de contemplar a sua ruína em vida. Vizinhos haviam perdido a curiosidade por seu caso. Cada casa, afinal, guardava alguém com sua pequena ou grande loucura. Os poucos amigos que por algum tempo haviam buscado notícias dele terminaram por seguir em frente. Vida que segue era o refrão daquela rua. Nunca estivera tão disponível para a criação. Por vezes, contudo, sentia-se como num hotel ou no saguão de um aeroporto, um desses lugares onde tudo é tão adequado que se torna insuportável e sem identidade. Os fantasmas que o interpelavam não o assustavam nem o deprimiam. Eram iguais aos que viviam dentro dele.

Aos poucos, percebeu que a mãe, a irmã e o sobrinho também o abandonavam. A palavra correta era outra: desistiam dele. O mais doloroso eram os risinhos, os sorrisos, os estímulos condescendentes. Nunca tivera muitos inimigos. Nem um grande número de amigos. De todos os sentimentos negativos, a condescendência era o que mais odiava. Podia suportar o ódio, a inveja, a maldade e a raiva dos outros. A condescendência, não. Era de uma sensibilidade absoluta quando se tratava disso. Nas horas de tédio, buscava em dicionários os significados de condescendência. Nem lhe passava pela cabeça que essa palavra pudesse significar "ceder de boa vontade, por complacência". Para ele, ao contrário, o condescendente era aquele que nunca cede, que jamais demonstra boa vontade, aquele que mostra "superioridade arrogante ou paternalista em relação a alguém". Alguém como ele.

Ouvia as pessoas balbuciarem ou pensar: "Coitado, esperando a grande ideia". Lia nos lábios: "Melhor esperar sentado". Nesses momentos, revoltava-se, só voltando à paz com um calmante. Num arroubo, ocorreu-lhe soltar um palavrão, o único da sua vida:

— Filho da puta!

Era o sobrinho que o olhava sorrindo. Salvo se fitasse o vazio. O insulto não lhe chegou aos ouvidos cobertos pelos grandes fones.

❖

Como se comportam as baratas? A pergunta ecoou na sua cabeça pela segunda vez ao amanhecer de um domingo. O calendário não tinha a menor importância para ele. De que lhe serviria saber o dia da semana ou do mês? Mesmo assim, continuava tendo horror aos finais de semana. Ao ver a fila de baratas rumando do banheiro para a cozinha, teve o seu olhar atraído pelo movimento. Então, sempre essa palavra, deu-se conta de que nada sabia sobre as baratas. Nada mesmo. Zero. Se lhe perguntassem quantas patinhas tem uma barata, não saberia responder. Se a salvação da sua vida dependesse de falar da reprodução das baratas, seria um homem morto. Qual o tempo médio de vida de uma barata? Não tinha a menor ideia. Vivia, no entanto, com elas.

Prometia-se estudar a fisiologia das baratas. Quem sabe até escrever um ensaio sobre elas. Arriscara algumas pesquisas na internet e concluíra que as baratas mereciam mais atenção. Vira na televisão um documentário apaixonado sobre as hienas, que lhe pareciam mais perigosas e repulsivas do que as baratas. Soube que pessoas, chamadas de especialistas, dedicavam a vida às hienas. Por que não às baratas? Não sabia se especialistas em baratas, supondo que existam, têm um nome específico. As perguntas multiplicavam-se enquanto os insetos passavam: baratas sentem dor? Exalam cheiro? Não sentia. Sabia, por ter visto no Google, que o medo doentio de barata se chama catsaridafobia. Aprendeu também que na China existe um criatório de baratas com fins medicinais. Dito isso, não sentia simpatia nem antipatia por baratas. Elas não eram a prova de que estava vivendo na sujeira? Não tinha a menor dúvida disso. Contudo, permanecia imóvel.

A ideia, sem ser grande, que mais o seduzia era a da libertação dos animais. Entendia que o homem fora obrigado pela necessidade a usar animais como força de tração, meio de transporte e alimento. A ciência e tecnologia, produtos da inteligência humana, já permitiam ao ser humano abolir a escravidão dos animais.

O grande movimento, começado pelos vegetarianos radicais e veganos — a verdade é que não sabia se os veganos eram vegetarianos radicais ou outra coisa —, mudaria toda a cultura milenar da humanidade. Nada mais de comer carne, ovos, queijo, tomar leite, andar a cavalo, ter cachorro em casa, gato, cobra, tosquiar ovelha para apossar-se da lã. Nada. A emancipação total dos animais corresponderia ao fim do antropoceno. A humanidade, com todo o seu conhecimento científico, afigurava-se para ele, nessas horas tardias, um imenso fracasso. A redenção, havendo uma, começaria com a separação definitiva entre humanos e bichos.

A humanidade era mais do que um fracasso, dizia quando discutia consigo em voz alta para escutar melhor os argumentos, o que, ouvira falar, Leonardo da Vinci também fazia. Ou Montaigne? O tão aplaudido Sapiens, afirmava, é o exterminador do passado e possivelmente do futuro. Para vencer, sobrepujara na evolução outras espécies humanas, inclusive uma batizada de homens das flores. Miguel vacilava e até se emocionava: seria essa a grande ideia que tanto esperava? Escrever sobre a luta entre humanos que, quarenta mil anos atrás, culminou com a nossa vitória a ponto de se pensar que seríamos os únicos humanos? Faltava-lhe a garantia de que essa era a sua ideia. Tinha dúvidas. Voltava ao foco: a libertação definitiva dos animais não humanos.

O ser humano formalmente deixara de escravizar humanos, argumentava. Por que não poderia parar de escravizar bichos? Uma preocupação insinuava-se na sua mente em alguns momentos mais críticos e de forte contra-argumentação: emancipados pelos humanos todos os bichos sobreviveriam? Por exemplo, cavalos, gatos, galinhas, pets? Virariam todos selvagens? Haveria espaço para eles num planeta ocupado por 16 ou 20 bilhões de pessoas precisando produzir vegetais para comer? Não se poderia fazer uma exceção aos bichinhos de estimação? Taxativamente não. Os animais de estimação, mesmo recebendo mais cuidados do que muitas crianças, como ele dizia em momentos de contradição, não passavam de escravinhos dos humanos, criados para suprir suas carências afetivas, com a vantagem, mesmo que humanos neguem isso, de um luto menor em caso de morte ou abandono.

Então passou a ter alguma simpatia pelas baratas: elas nunca se deixaram escravizar pelos humanos. Eram a resistência ao antropoceno.

Pequenas quantias continuavam a sumir da sua conta bancária. Podia interromper o processo não passando mais seu cartão de débito ao sobrinho. Ganharia dinheiro e saúde caminhando vez ou outra até uma agência. Sair de casa, porém, estava fora de questão. Desconfiava da resistência das suas pernas. Podia também eliminar de vez a necessidade de dinheiro, de cédulas. Tudo já se pagava por pix. Essas boas razões eram insuficientes. De certo modo, queria ver até onde o sobrinho iria. Pretendia testá-lo. Teria ele um limite moral? A ideia parecia-lhe tão ruim quanto irresistível. Só menos ruim do que matar Mariana para ter assunto literário. Não conseguia, porém, se livrar dessa obsessão. Funcionava como um TOC. Bastava a angústia se fazer anunciar por alguma umidade nas mãos ou um medo irracional para que se tranquilizasse planejando a morte da ex-colega de trabalho. Havia uma coisa intrigante em Mariana que não tinha valorizado quando conviviam e até bebiam algumas taças de vinho argentino em saídas furtivas.

Mariana não tinha medo de barata.

Acossado pela vertigem de ideias, Miguel Rogério fechou-se no seu mundo de livros, baratas e caixas de pizza. O entregador tinha passagem livre pelo portão ao lado da casa da frente para levar a encomenda até o mais perto possível do cliente: o alpendre da casa do fundo, onde depositava a comida e retirava o pagamento, sempre com gorjeta, à sua espera. Para cada ideia promissora, o escritor testava um parágrafo inicial. Depois, comparava com clássicos. Imprimia esses experimentos para ver se a magia do papel dava-lhes mais consistência. Quando se decepcionava com o resultado, vingava-se nas baratas. Matava uma fila inteira e despachava os cadáveres junto com as folhas amassadas com começos que chegavam ao fim antes de passar pelo meio. Nessas horas ele se perguntava: por que elas andam em fila? Por que não voam? Por que não se comportam como baratas tontas?

Já não lembrava que as tinha considerado símbolos da grande resistência ao antropoceno. Virava páginas como quem troca de roupa.

Na verdade, já não trocava de roupa.

O pijama cumpria o papel que fora do terno no escritório.

Acontecia pouca coisa na realidade tranquila de Miguel Rogério. Só não havia greve de acontecimentos porque eles ainda passavam na televisão. Algo que não compreendia o levava a ligar o aparelho, uma pequena tela plana incrustada entre livros. Sem som, o dispositivo exibia imagens que se perdiam numa confusão de significados. Se tudo se revelava insignificante, o sentido se escondia em algum lugar. Seria Deus? A questão já não apaixonava o escritor. Em contrapartida, a certeza de vida em outros planetas alcançava para ele um valor lógico. Nada o aborrecia mais do que a incompreensão dos outros diante da sua fulgurante interrogação: se nós existimos, por que outros não existiriam? Mariana apenas sorria quando ele voltava ao assunto.

Imaginar que a existência era um privilégio do nosso planeta figurava no ápice das arrogâncias do antropoceno. As demais espécies de Terra possuiriam a vantagem de não ter consciência de tal estupidez. Como fora possível que tivesse levado tantos anos — ele se perguntava — para aceitar a evidência da existência de vida em outros pontos do universo? Só podia ser deficiência do sistema educacional. Quando começara a compreender isso, no apogeu da sua lucidez, os colegas do escritório, especialmente Ademir, praticante de um racionalismo tacanho, começaram a duvidar da sua sanidade mental.

Dizer que nada acontecia seria faltar com a verdade.

Ao lado do pião, na mesa do pátio, apareceram bolinhas de gude coloridas: azuis, vermelhas com branco, verdes, amareladas, lindas. Não conseguiu conter a irritação. Ao ver a mãe na janela, gritou:

— Chega disso! Não sou criança.

Olga ficou atônita.

À espera da grande ideia, Miguel Rogério, de tanto refletir sobre sua situação, pensou em escrever autoficção. Se todo mundo faz, por que ele não faria? Havia um único obstáculo: autoficção para dizer o que sobre si? Não conseguia escrever si sem acoplar mesmo. Podia e devia inventar uma biografia, recheando-a de ficção bem-humorada e irônica. Qual seria o conteúdo? Qual a história? Qual o enredo? Uma alternativa seria contar a sua vida autenticamente. As baratas migravam de um lado para outro quando Miguel se interrogava sobre o imenso tema da autenticidade e desesperava-se: como ser o que se é quando já não se é nada ou tudo tem a movimentação de baratas tontas?

Como sempre, buscou amparo nas suas leituras: as confissões de Santo Agostinho e Rousseau, os ensaios de Michel de Montaigne. Rapidamente concluiu que, se esses gigantes inauguraram e ampliaram um gênero, a sua entrada em cena representaria o esgotamento de uma forma narrativa. Com ele, falar de si atingiria o grau zero da expressão. Como ilustração do que poderia contar, testou a lembrança do dia em que se masturbou no banheiro do escritório e brochou. Releu o parágrafo e sentiu-se no andar mais baixo da literatura universal.

Amanheceu ouvindo Belchior.

A ideia de falar de si, contudo, permaneceu na sua mente. Uma conversa inusitada colocaria combustível nessa engrenagem. Viu o sobrinho, com seus fones gigantes, de olhos e dedos enfiados no celular. Deu-se conta de que via mais os fones do que o telefone. Por que seria? Não fazia a menor ideia. Sentiu que podia ser o momento de cobrar do menino as retiradas que vinha fazendo em sua conta bancária. Preparava-se para declarar guerra quando Joelson o surpreendeu:

— A grande ideia, tio, é se mostrar até as tripas, tá ligado?!

Era cedo. Nem oito horas da manhã. O sobrinho parecia ter virado a noite embrenhado no seu mundo virtual. O ar estava fresco. A tarde seria quente. O céu exibia um azul profundo como o de uma louça.

— Se mostrar pra quê?

— Ora, tio, pra existir.

— Eu já existo.

— Mas pode existir melhor.

— Se mostrar como? Pra quem?

— Pra todo mundo, nas redes sociais. Não precisa ser maior do que os outros, nem melhor, mas como os outros, como todo mundo, com uma pontinha qualquer de diferença, tá ligado?! Mostre a sua vida.

— O que tem de interessante na minha vida pra mostrar?

— Sei lá, tio, o fato de que é a sua vida.

— Como a vida de uma barata?

— Como um ser vivo que todos os outros olham. É no visual que se dá a parada agora, tio, tá ligado?! No visual e na verdade de cada um.

— Contar minha vida num livro?

— Sei não, tio. Que tal colocar uma webcam no seu cafofo pra todo mundo ver o que você faz vinte e quatro horas por dia. Seria massa!

❖

Miguel Rogério voltou aturdido para o quarto. O sobrinho só podia estar louco. Pediu uma pizza quatro queijos. Comeu apenas uma fatia. A provocação do sobrinho fazia voltas dentro dele. Esquecera-se até de falar do dinheiro que o moleque vinha sacando sem constrangimento. Então Joelson tinha ideias e dava conselhos!? Pensava no que ele fazia? Seguir o que o rapaz dizia podia levá-lo ao fundo de si mesmo e alcançar a estima dos outros. Que lhe importava a estima alheia? Talvez bem mais do que costumava admitir. A conversa com Joelson havia sido mais longa. Na madrugada, insone, olhando as baratas, reproduziu cada palavra trocada com o sobrinho.

— O que você tá procurando, tio?

— Minha realização.

— Talvez não seja mais por aí, tá ligado?!

— Eu sempre quis isso, não posso desperdiçar minha oportunidade.

— Sempre é uma eternidade, tio, tá ligado?! Menos, menos.

— Que você pode saber de eternidade?

— Nada, tio, nada mesmo.

— Então?

— Seja alguém na internet, tio. Essa é a parada.

— Como, se odeio me expor?

— Crie um avatar, tá ligado?!

— Pra quê?

— Pra se divertir, existir, gozar, porra.

— Ia me sentir ridículo.

— Seja outro, tio.

Espantoso, pronunciou em voz alta. Joelson seria o seu coach. Antes, porém, ele queria testar uma coisa que pinicava na sua mente.

Um texto no GPT.

Pediu ao GPT que criasse uma história sobre um homem à espera da grande ideia da sua vida. Em poucos segundos a inteligência artificial forneceu-lhe o parágrafo inicial da narrativa: "Sentado na poltrona de seu pequeno escritório, o homem olhava fixamente para a tela em branco do computador, esperando ansiosamente pela grande ideia que transformaria sua vida. Os ponteiros do relógio pareciam mover-se em câmera lenta, e o tique-taque constante ecoava pelos cantos da mente, lembrando-o do implacável passar do tempo. Anotações e rabiscos espalhados pelas folhas ao seu redor testemunhavam as tentativas fracassadas de encontrar algo inovador, algo que o destacasse na multidão monótona da rotina diária. O sol se punha lá fora, tingindo o céu com tons dourados, enquanto ele aguardava impacientemente pelo raio de inspiração que o iluminasse como um farol na escuridão. À medida que a noite se aproximava, sua determinação crescia, e ele sabia que a resposta estava prestes a revelar-se, desvendando um mundo de possibilidades que mudariam para sempre o curso de sua jornada".

Era ruim. Contudo, era terrivelmente parecido com o seu estilo natural. Na verdade, era exatamente igual a tudo o que havia escrito. Como podia o GPT simular exatamente a sua forma de escrever? Como podia imitá-lo tão bem? Como tinha conseguido penetrar na sua alma?

Considerou humilhante a derrota para o GPT. Vencido pela mediocridade artificial, como poderia escrever uma obra-prima natural?

Desligou o computador.

Daí em diante ficou exposto à tentação da influência. Ansiava por encontrar o sobrinho. Viveu dias de excitação. Passava mais tempo no jardim do que diante do computador. Se fosse escrever sobre si, no modo "pacto de sinceridade", teria de mostrar-se sem máscara, o que o assustava. Pensava como Oscar Wilde que para fazer um homem dizer a verdade basta dar-lhe uma máscara. Contar as suas experiências, que existiam, era uma possibilidade. Podia, como tantos, focar na história da sua família. Sentia, porém, que seria uma deslealdade com o pai e a mãe. Não chegava a ter o mesmo cuidado em relação à vida da irmã.

Lamentava não ter lugar de fala — ouvira sobre esse conceito num *podcast* — para explorar algum tema sensível. A verdade é que nada tinha para revelar ou defender. Além disso, tinha horror de exposições escatológicas. Não se via urinado, vomitado ou defecado em público. Esse pudor o impedia de se inventar outro passado ou de mentir pelo bem de uma sinceridade brutal. Ser autêntico, no seu caso, era ser mínimo. De que era feita a sua singularidade? Num momento de baixa autoestima, considerou que era tão singular como uma das suas baratas.

Já sabia que em tempos de *egotrip* — termo que encontrara em reportagens e em revistas do campo psi — era preciso mostrar tudo. Mas tudo o quê? Escondia-se para contar o que criaria. O sobrinho sugeria que, em lugar de contar, ele se contasse, não por virtude, talvez por falta de matéria para outra coisa ou simplesmente para se ocupar. Na internet, encontrou textos de especialistas sobre a questão, é necessário ser verdadeiro, si mesmo até a raiz, sincero consigo mesmo diante dos outros até a medula, enfim, conforme sua compreensão do assunto. Ser autêntico o obrigava a ser o que não tinha sido.

Não ser para ser profundamente.

◈

Ficou olhando a fila de baratas passar. Como podiam ser tantas? Uma rápida pesquisa na internet lhe permitiria saber que as baratas se reproduzem no verão. Achou graça do nome de uma das espécies mais comuns: francesinha. Ou alemãzinha. Aprendeu também que são muito ativas à noite, quando vão à luta por comida. A francesinha vive em torno de nove meses, põe cinco ninhadas de ovos, sendo de 30 a 50 de cada vez. A barata de esgoto pode atingir até três anos de idade. Evitou ler sobre as doenças que provocam. Tentava identificar a individualidade de cada uma. Havia menores e maiores. Não conseguia detectar outras diferenças. Como sistema de classificação era pobre. Não chegou a saber que as ninfas são menores do que as adultas. Seriam os seres humanos, a grande maioria, gente como ele, diferentes, ou seja, mais diferentes uns dos outros que seus insetos de estimação?

A música, às vezes, ainda funcionava como calmante, especialmente à noite. Joelson rira das suas referências musicais. Quando o fizera escutar uma canção de Belchior, fora implacável:

— Muito lento, tio, tá ligado?!

Na idade de Joelson, nada mais devastador como crítica. Lentidão e morte andam juntas nessa lógica hiperativa. Recomendara-lhe ouvir MC Solaar, um rapper do Senegal radicado em Paris. Um cara quase da idade de Miguel Rogério. Isso lhe deu confiança para experimentar. Ouviu "Hasta la vista" e gostou. Lembrou-se dos tempos em que admirava Che Guevara. Achava que adorar Che Guevara na juventude era uma obrigação emocional. Na velhice, uma forma de nostalgia do desejo perdido. Mariana ria dessas tiradas. Ela sempre ria. Quase sempre se lembrava de Mariana rindo. As baratas passavam e ele, subitamente transformado num serial killer, disparava contra elas com um spray poderoso:

— Hasta la vista — gritava.

A irmã apareceu de camisola para ver o que lhe acontecia.

— Entrei em guerra — disse ele.

— A essa hora?

— Não tive escolha.

Joelson comprou e instalou a webcam numa tarde chuvosa. Miguel Rogério tomou banho e trocou de roupa para a primeira aparição. Queria ser visto escrevendo. Limpou a casa à sua maneira, mais escondendo a sujeira do que a eliminando. Salvo pela falta da gravata, estava vestido como nos tempos das lides advocatícias. A camisa branca aberta no peito dava-lhe um ar masculinamente tóxico. Via-se que não fora passada a ferro. Esses detalhes práticos ele não costumava notar.

No escritório, era Ademir, o nefasto Ademir, quem o avisava, com visível prazer, de alguma falha de vestuário. Mariana, se via os seus descuidos — claro que via, como não veria? —, não se manifestava. Mostrava-se indiferente ou disfarçava para não o atordoar com o que ele tomava por críticas insuportáveis. Era capaz de voltar para casa por causa de uma observação sobre uma camisa.

Cada vez que Mariana silenciava sobre uma das suas trapalhadas, uma gravata torta, um casaco amassado, uma mancha, ele se sentia comovido. Chegava a especular que se tratava de uma estranha forma de declaração de amor.

Mariana era o passado. Seria o futuro se a matasse. A influência do sobrinho era, nesse sentido, benéfica. Prometia-lhe a estima de desconhecidos em troca de muito pouco: o seu cotidiano sem tempero.

A mãe apareceu de repente. Ficou surpresa com a arrumação. Ela ainda vinha avisá-lo da passagem do carteiro. Não se conteve:

— Posso dar uma boa melhorada nessa limpeza, filho.

— Não, não, não precisa mais do que isso.

— O carteiro vem vindo — ela disse, contrariada.

— Esqueça o carteiro, mãe. Já não me interessa que ele venha ou não.

Quando se instalou na casa do fundo, cheio de entusiasmo, Miguel Rogério tinha outra visão, embora nem sempre o descrevesse com riqueza de detalhes e precisão, do espaço que havia construído para os seus anos de criação literária. Na verdade, era bem menos inóspito do que poderia parecer após alguns meses de espera da grande ideia. Vivia cercado por livros. Em torno de cinco mil exemplares. Se algo foi dito antes que contradiga essa informação, pede-se que seja desconsiderado. No momento da mudança, promovera um grande expurgo, deixando para trás tudo o que não tivesse relação direta com seu projeto criativo. Livros que detestara não foram recebidos na casa nova. Ficara um pouco em dúvida sobre essa medida extrema: e se quisesse fazer uma releitura? Concluiu que já não tinha tempo nem idade para reviravoltas.

Não cabe neste relato apresentar a lista completa das obras da biblioteca de Miguel Rogério. A tentação, contudo, existe. Era uma biblioteca, claro. Essa palavra, porém, conforme o seu estado de espírito, parecia-lhe pretensiosa. Preferia falar em "sala dos livros". Às vezes, dizia escritório. Arrependia-se prontamente. Não queria confundir duas situações completamente diferentes. O escritório fora a sua prisão. Havia dias em que percorria livro por livro, tocando nas lombadas, retirando algum da estante para folheá-lo distraidamente. Surpreendia-se com o que havia sublinhado a lápis e não lembrava mais. Por que teria destacado tal passagem? O que lhe havia despertado a atenção numa frase marcada com duas linhas finas?

Gostava do contraste entre os volumes. Alternavam-se tomos robustos e finos. Eram tantas as cores, com predominância do vermelho por causa de uma coleção de clássicos. Cada um daqueles livros havia sido importante numa fase da sua vida. Alguns estavam machucados pelo manuseio constante, com orelhas, capa se desprendendo, páginas salpicadas de anotações ilegíveis. Obras que haviam feito furor na sua vida agora se mostravam inofensivas. O poder das palavras obedecia à lei do tempo. A cada época conforme os livros que são publicados.

Não fosse a urgência de escrever a sua obra-prima, que via acolhida em bibliotecas como a sua, poderia passar os seus dias acariciando os seus livros, rendendo-lhes novas homenagens, conversando com eles, provocando-os, aproximando-os para que dialogassem. Sabia que havia tanta frase escondida, tanta verdade não vista, apesar das constantes leituras, tanta beleza a ser (re)descoberta. Não seria ele o desbravador de páginas que conhecia como um amante cansado. Cada livro era então uma página virada.

❖

Ao vê-lo fixo atrás do computador, como um boneco num cenário, Joelson balançou a cabeça negativamente. Chamou o tio para um ponto cego, um abrigo contra o olho indiscreto da câmera. Estava com o celular na mão esquerda e os fones baixados. Miguel Rogério pensou que nunca o vira sem seus equipamentos, embora os fones continuassem a se destacar para ele como dois orelhões em torno da cabeça do garoto.

— Assim não rola, tio, tá ligado?!

— Assim como?

— Fazendo pose.

— Como pose? Era eu na frente do computador.

— Fica *fake*, tio, tá ligado?!

— Como *fake*?

— Só rola se for espontâneo, como quem vai ao banheiro. O pessoal vai perceber que você tá querendo dar um chapéu na galera, vai?

— Como quem vai ao banheiro? Chapéu?

— Pô, tio, você faz pose na hora do número dois?

— Não entendo.

— Entende, sim. A parada é ser espontâneo.

— Autêntico?

— Essa parada aí mesmo.

— Acho que compreendo.

— Precisa de atitude, tá ligado?!

O cartão-postal dos cavalos de corrida de Degas brilhava no canto do espelho do banheiro como uma metáfora a ser dissecada. De que mesmo? Miguel Rogério disse ao sobrinho que aquela imagem o revelava de corpo inteiro. Joelson não entendeu num primeiro momento. Achou a parada enigmática. Um silêncio tênue se ergueu entre eles como uma fina camada de gelo a ser quebrada com um roçar de dedos.

— Sim, saquei. Você é o cavalo fora da gangue.

Pela primeira vez, Miguel Rogério teve orgulho do sobrinho.

Joelson entrou no campo de visão da webcam e dançou.

— Um *break*, tio, tá ligado?!

Foi aí que Miguel Rogério viu as tatuagens no corpo do sobrinho. Na verdade, envergonhou-se, nunca havia realmente olhado para ele.

Marta percebeu a movimentação estranha entre o filho e o irmão. As suas antenas de mãe balançaram. Alguma coisa os dois estavam tramando e ela precisava saber logo, antes de algum estrago. Andavam de cochichos, não se largavam mais, pareciam ter segredinhos, buscavam-se. Joelson chegava da escola e já se metia no cafofo de Miguel. Ela resolveu operar nas duas pontas do problema. Primeiro, interpelou o envolvido que ainda lhe devia algum respeito ou obediência. Joelson despistou com a frieza de um profissional:

— Nada, não, mãe.

— Como nada? Não me enrola.

— O tio me pediu pra ajudar ele numas paradas de informática.

A explicação era convincente, embora boa demais para ser verdadeira. Marta decidiu ir ao segundo polo da questão. A sua intuição era poderosa. Atropelou o irmão no seu campo de resistência:

— O que você anda tramando com o Joelson?

— Nada, não, Marta. Ele tem me ajudado com essas coisas de tecnologia.

— Você deu uma arrumada neste chiqueiro. Que que tá preparando?

— Precisa de justificativa pra limpar a casa?

Aí ela teve certeza de que algo havia. Homem quando se justifica por despiste, era a sua convicção, está escondendo alguma coisa. Foi sondar a mãe, que o pai já não lhe parecia capaz de qualquer conexão com a realidade. Olga não levou um segundo para dar a sua resposta:

— Só pode ser alguma sacanagem.

Foi o suficiente para que Marta voltasse ao fundo do pátio. Não entrava na casa de trás por medo de ser expulsa por Miguel Rogério.

— Que foi agora, Martinha?

— Não vem com Martinha, não.

— Que é isso, irmã?

— Se você meter o Joelson em confusão, eu te mato.

◆

Sentado na sua poltrona de leitura, Miguel Rogério encarou a câmera. Estava ali, sem máscara, sem qualquer cobertura, de cara nua. Sabia que havia percorrido não só mais da metade do caminho da sua vida como também, se analisado com calma, realizado, em tese, as suas maiores conquistas e levantado os troféus possíveis da sua carreira. Queria, no entanto, mais. A ideia de uma grande ideia não o abandonava. Ela se expressava de vários modos, talvez devesse dizer sintomas: impaciência, angústia, inconformismo, intuição, lampejos – deveria dizer insights? –, desejos incontroláveis de expressão.

Não imaginava que alguém pudesse estar vendo a sua exposição pública. Via-se, de qualquer modo, numa espécie de *strip-tease* sem obscenidade nem pornografia, sem precisar nem mesmo tirar a roupa. Estava ali, no seu recanto de aposentado, espreitando fantasmas. Todos podiam vê-lo e ninguém podia desnudá-lo. O essencial continuava coberto. Era capaz de pensar coisas extremas. Teria coragem de passar à prática? Estar ali era o sinal de que vencera uma etapa. Derrotara o pudor que a vida inteira o impedira de se assumir em público como um homem à procura de uma obra para chamar de sua. Uma obra que lhe servisse de sobrenome, de impressão digital, de identificação facial, de cartão de visita. Miguel Rogério de "A grande ideia". Seria isso?

As horas escoavam lentamente e ele não se mexia do lugar, como se lhe faltasse um roteiro ou obedecesse a uma rígida marcação de cena. Para se distrair, ou se acalmar, pensava em Mariana. As últimas ideias em relação a ela o aconselhavam a mudar de assunto. Temia que já existisse uma tecnologia capaz de ler o seu pensamento a distância. Sorriu da besteira que acabara de pensar. Que diferença faria para se ler pensamentos a distância do leitor, máquina ou humano? Enfim, desculpou-se consigo (mesmo). Então (cacoete dele), questionou: afinal, o que havia feito da sua vida? O balanço não era ruim. Se devia ter vivido mais intensamente, não podia se queixar do pouco que colhera. A cada reflexão, porém, se contradizia. Ora havia feito muito, ora somente o bastante, o possível, o necessário, o adequado, o previsível, o fixado para ele, o imposto pela sociedade, etc.

Agora, naquele agora, estava ali contemplando o olho nu da câmera, que não lhe retribuía com qualquer brilho de atenção. E se ele tirasse a roupa? E se fosse nu até o banheiro? E se fizesse número um e número dois diante do mundo todo possível, mas improvável, de telespectadores? E se fosse visto por seis bilhões de pessoas? E se um chinês, do outro lado do planeta, estivesse atento a cada passo seu, coletando dados sobre cada um dos seus movimentos, cada piscada dos seus olhos impacientes, cada gesto seu de passar a mão nos lábios?

Adormeceu sem sair da sua posição no cenário.

A mãe já nem tentava entrar no *bunker* do filho. Embora ela não soubesse disso, nem imaginasse, em função do seu DNA, a crer nos especialistas, ela sentia o cheiro das baratas, provocado pela trimetilamina, a mesma molécula responsável pelo odor de comida podre. Ao olfato de Miguel nada chegava desse cheiro nauseabundo. Instigado pela repulsa da mãe, ele faria uma breve pesquisa e ficaria sabendo que uma mutação genética abre o acesso a essa pestilência. Eis que ele se via, enfim, privilegiado em alguma coisa. Não era detentor do gene capaz de codificar o quimiorreceptor da trimetilamina. Achou tudo isso deliciosa ou repugnantemente, de acordo com o ponto de vista, instrutivo e útil. A mãe e a irmã detectavam o TMA e fugiam.

Ruminando sobre a trimetilamina, Miguel adormeceu na poltrona de leitura, onde passava a maior parte dos seus dias, sob o olhar opaco da câmera. Mergulhou num pesadelo terrível, um dos piores da sua vida. Um calendário luminoso no canto de uma tela, a lente esquerda dos seus óculos, sinalizava a data: 24 de agosto de 2084. Havia um horror generalizado pelos livros, que cheiravam como baratas. Cada página impressa exalava o odor da trimetilamina. Por uma questão de saúde pública uma brigada especial caçava as coleções clandestinas de livros impressos. Eliminá-las significava melhorar a qualidade do ar.

Uma mutação genética tornava seres humanos cada vez mais sensíveis à TMA. Os jovens eram especialmente afetados. A simples existência de um livro impresso dentro de uma gaveta era suficiente para provocar ânsia de vômito e diarreia num adolescente. Isso acontecia muito quando visitavam seus avós, velhos renitentes à desova de seus preciosos materiais impressos. Adultos livres dessa mutação genética viviam felizes numa indiferença completa a livros. A escrita estava quase extinta. Toda comunicação e todo armazenamento de informações eram feitos em áudio e vídeo. A TMA podia ser até mais forte em livros do que em baratas. Assim, a caça aos livros era prioridade em relação ao combate às baratas. A palavra "barata" passava a ter novo sentido, um significado inimaginável anos antes.

— Encontramos duzentas baratas por trás de um fundo falso.

Assim falavam os brigadistas, todos vestidos com estranhas roupas platinadas, sobre a localização de livros escondidos. Quando encontravam o que procuravam sacavam pequenos frascos de spray e pulverizavam os livros, que logo se amoleciam e desintegravam.

Miguel Rogério acordou chorando muito. Como se falasse para um público silencioso do outro lado da câmera triste, desabafou:

— Como foi que caí tanto?

O telespectador via, por trás dele, uma fila de baratas.

Numa manhã em que saiu para o jardim, Miguel Rogério encontrou-se com a mãe. Olga tinha o rosto marcado pela inquietude. Talvez essa palavra contenha uma dose de exagero, quem sabe mesmo de imprecisão. A diferença entre exagero e imprecisão é apenas de proporção. Olga era o que era: a mãe que percebe a deriva do filho e não se conforma. Miguel tomou a angústia da mãe por um atestado de sofrimento como mulher.

— Você se arrepende, mãe?

— De que me arrependeria?

— Da vida que tem levado?

— Vejo que não sabe muito sobre mim, Miguel. Não é pra menos, você passou parte da vida enfurnado naquele escritório. O resto do tempo tem sido dos seus livros. Nós, seres humanos, sempre ficamos de fora.

— Fico triste que pense assim.

— De você sempre tivemos ajuda material.

— É pouco, mãe?

— Que acha, escritor?

— Eu falava de você, da sua vida, de ter largado tudo...

— Largado tudo pelo seu pai?

— Não foi isso?

— Foi e não foi.

— Ainda o protege?

— Fiz por amor. Sabe o que é isso?

— Submeteu-se por amor?

— Mais ou menos isso. Acho que hoje eu não seria tão boba, me imporia mais, essas coisas, mas não me arrependo. A vida é torta assim, não sei se você entende, fiz o que quis por não saber fazer de outro modo.

— Por que acha que eu não entendo?

— Você só entende e ama os livros.

— Sou feliz assim.

— Eu também.

— Mesmo?

— Vou dizer uma coisa que não imagina: gozei muito.

— Mãe!!!!

— Sou uma mulher, não sabia?

◆

A reclusão de Miguel Rogério aumentou. Temia encontrar a mãe no pátio e ouvir novas confissões. Não se julgava moralista nem era ingênuo. Ficava, no entanto, confuso. Via-a como uma presa do patriarcado. Usava o termo "presa" e se explicava. Qualquer desvio em relação a essa percepção não cabia no seu esquema mental. Odiava pensar que poderiam acusá-lo de justificar a dominação masculina com o depoimento de felicidade de uma vítima. A mãe o surpreendia. Mostrava-se frágil quando ele esperava força, era mais forte do que podia supor em terrenos nos quais ele nem sequer sabia pisar. Tentava estar à frente do seu tempo e despir-se dos preconceitos herdados.

— Tentar, você tenta, só não consegue — dizia-lhe Mariana.

— Não consigo o quê?

— Esconder o quinhão de machismo que te cabe nesse latifúndio.

Esse fora um eterno campo de disputa entre eles. Mariana não o poupava, identificava machismo em pequenas atitudes que para ele eram insignificantes. Expunha-o, às vezes, ao riso dos outros, que logo se arrependiam do escárnio, pois na sequência eram pegos em flagrante e também denunciados. Miguel Rogério alimentava a ilusão de ser diferente, de não compactuar – nunca lhe vinha outra palavra quando pensava nesse assunto – com preconceitos estruturais. Não podia aceitar a ideia de que todo branco tem privilégios em relação aos não brancos atingidos pelo racismo. Era aí que resvalava seguidamente:

— Qual o privilégio de um morador de rua branco em relação ao seu parceiro negro de calçada? — perguntava com alteração no tom de voz.

— Fala sério! — ironizava Mariana.

Era o que bastava para desestabilizá-lo. A irritação o fazia desafinar. Quando se via sem argumentos, fugia para o comodismo:

— Não serei eu a consertar o mundo!

Às vezes, vestia-se como se fosse para sair e, diante do espelho onde havia fixado o cartão-postal de Degas, dizia para a sua imagem:

— Eis o homem.

Teria preferido escrever "Homem", para designar o ser humano, não o macho. Sabia, porém, que o humano já não merecia letra maiúscula e isso era culpa dele mesmo como indivíduo e espécie, a mais destrutiva da história. Ouviu um ruído, como se alguém se roçasse na parede externa, um cão, que já não tinham, o gato do vizinho, o vizinho do gato. Era o pai que, numa rara saída para o pátio, viera até a casa dos fundos. Olhou-o como se contemplasse os despojos de um navio. Melhor seria dizer que se olharam como se avistassem dois barcos em ruínas flutuando sobre a lava morna de um vulcão esgotado. O pensamento do pai já escapava até mesmo aos narradores oniscientes.

"Eis o velho", pensou Miguel.

Teria o pai, numa ironia silenciosa e dura, exclamado em tom de pergunta para os seus pensamentos intranquilos e impiedosos:

— É isso um escritor!?

Aquela seria a última vez que se veriam ali. Travaram por alguns minutos que pareciam condensar a eternidade um diálogo silencioso. O velho sabia que a vida começava depois do portão da frente. O filho esperava que a verdadeira existência viesse com uma grande ideia.

Finalmente cada um se afastou lentamente. O velho arrastava os seus chinelos. O filho já não tirava as suas pantufas azuladas. O sol não passava de uma bola vermelha sangrando na esquina.

Passou uma semana contemplando a câmera, que não o contemplava, apenas o traduzia em formato menor. Foi nesses dias que mais pensou sobre o "se" na biografia de uma pessoa. Se tivesse conseguido vencer a sua inibição, que coisas teria feito? Se Mariana não fosse quem era, o que teriam feito? Se a esquina daquela rua, naquela tarde, não estivesse bloqueada, o que teria acontecido quando explodiram os tiros e ele precisou recuar? E se ele mesmo, naquele amanhecer na praia, naquela praia distante e de areais infindáveis, Praia da Solidão, tivesse puxado o gatilho? E se o amor tivesse vencido a guerra contra a desconfiança? E aí tentou o mais difícil: definir o amor. Não o amor em geral, não o amor dos poemas e dos romances, o amor na sua vida.

Num segundo estava novamente na Europa encontrando mulheres que haviam sido Anninka, noutro sonhava mais uma vez com o tigre, momentos depois, numa sequência vertiginosa, escrevia o livro da sua vida, que não era o livro da vida de alguém, mas a sua autobiografia, na qual o amor era uma peça com muitas portas, talvez mil, ou mais, sendo que ele deveria escolher a certa para ser feliz. Às suas costas, as baratas exibiam suas lombadas curvas e seus perninhas filiformes. Foi aí, nesse instante preciso, que se aproximou da câmera e perguntou:

— Tem alguém aí?

Foi acordado, com o corpo doído pelo desconforto da sua cadeira de leitura, por dois intrusos: um raio de sol e o canto dos passarinhos. Embora visse pieguice em boa parte das louvações ao sol e aos pássaros, saiu para o pátio sem lembrar que já não ia ao pátio. Jardim, pátio e pomar confundiam-se num quadro pontilhado de cores, de luzes e de ruídos. Havia tantos passarinhos que seria preciso ser menino para saber o nome de todos e identificar seus cantos. Miguel sentiu-se adulto demais para conhecer o essencial de um amanhecer.

Poderia alguém considerar um passarinho superior a outros pela sua cor? Seriam os amarelos melhores do que os vermelhos? Então, pegou as bolinhas de gude que encontrara nos seus domínios e começou a brincar. Uma paz imensa tomou conta dele. Não temesse a palavra, diria que estava feliz. Podia jurar que um passarinho de peito amarelo cantava para ele. Juramentos já não significavam muito nos seus dias.

Quando estava de joelhos, com uma bolinha de gude colorida entre os dedos, prontos para atingir outra não menos bela, ouviu a voz:

— Que tá fazendo?

Não conseguiu evitar: sentiu-se tremendamente envergonhado. Era o sobrinho voltando da balada.

"Mariana é página virada", disse. Para quem? Para ele mesmo. Uma página nunca será a mesma se virada para trás. Revirada? Virada pelo que acontecera e pelo que não acontecera. Virada pelas possibilidades, desejos, implicâncias, gestos e cumplicidades. Envelhecer ao lado de alguém, de uma mulher, pensava Miguel Rogério, podia ser uma experiência de maturação ou degenerescência. Entre eles tudo havia sido crescimento, ainda que em diagonal. A linha reta não os caracterizava. Por que então não se procuravam? Porque não se tinham perdido. Somente virado a página sem se dar conta do fim do capítulo. Quando dissera isso à irmã, ela respondera na lata:

— Hãhã...

Havia algo de Mariana em Marta. Havia algo de Marta em Mariana. Seriam semelhanças de indivíduos ou recorrências do feminino? Se fosse pintor e decidisse fazer de memória um retrato de Mariana, o que lhe teria sido fácil meses antes, já não conseguiria. Dia a dia o rosto, o corpo, os cabelos, a boca, os jeitos e trejeitos dela desapareciam. Sobrava apenas um modo de balançar a cabeça, assim como dele restaria o cacoete de apertar os lábios com os dedos da mão direita.

Era nisso que Miguel Rogério pensava quando se posicionou novamente diante da câmera, à espera de uma improvável aprovação do seu público. Mesmo sem comentários no *chat*, monitorado por Joelson, preferia acreditar que gozava de uma audiência silenciosa. Talvez devesse abandonar esse projeto esquisito e voltar aos seus escritos. Ou deveria escrever sobre um homem sentado diante da sua câmera fria?

Marta o espreitava. Hipersensível à trimetilamina, ela não se arriscava até a soleira da porta da biblioteca, que chamava de chiqueiro com grife. A psicologia do irmão escapava-lhe cada vez mais. Como podia um leitor sofisticado, ouvinte de jazz, admirador dos impressionistas, viver cercado de baratas e alheio ao mundo da vida? Ou à vida do mundo? Que pacto teria feito com a sorte? Marta tinha o seu lado esotérico, algo assim, certos temores sobrenaturais, tendências de época que iam da homeopatia ao pilates, passando pela acupuntura, mas nunca pela astrologia e jamais contra a vida. Sabia que, cedo ou tarde, ele colocaria o pé no jardim. Os momentos mais propícios eram de manhã cedo ou ao crepúsculo. Atacou ao alvorecer.

— Sabia que pegaria você aqui — disse.

— Por que isso? Era só entrar.

— Pra sentir cheiro de podre?

— Pra me ver.

— Nosso pai vai morrer — ela disse brutalmente.

— Houve alguma coisa? — A pergunta veio depois de um sobressalto.

— A máquina não responde mais, Miguel.

— Que máquina?

— O corpo dele, ora.

— Ah, claro.

— Pensava o quê?

— Você ficará livre pra cuidar da vida, Martinha.

— Ficou louco?

— Fazendo *bullying* comigo, Marta?

— *Bullying*?

— Tem outro nome, não me lembro qual.

— Enquanto meus pais precisarem de mim eu cuidarei deles — repetiu.

— Depois pode ser tarde pra viver.

— Vivi o que pude. Saí de casa menina.

— Lamenta?

— Lamento ter encontrado tantos crápulas. Só isso.

— Mariana dizia o mesmo.

— Afinal, o que Mariana representou pra você?

— Tudo e nada, ora.

— Largaria o sonho de escrever por ela?

— Que romantismo é esse, maninha?

— Trocaria o amor pela grande ideia?

— Não posso escolher.

❖

Não há incompatibilidade entre se expor vinte e quatro horas por dia para uma câmera e esperar a grande ideia que se transformará num livro revolucionário. Assim Miguel Rogério negociava consigo o emprego do tempo e o nível das suas expectativas. Enquanto esperava, lia. Se o tempo permitisse, repassaria todos os seus livros. Já não comprava outros. Para a câmera inerte, balbuciava: há o tempo da descoberta dos livros, o tempo das leituras, o tempo das releituras e o tempo da escritura. Às vezes, Miguel Rogério flertava com a ideia de adotar um pseudônimo para a publicação da obra-prima que escreveria. Sonhara que o seu nome era obstáculo ao sucesso. O problema era que outro nome escolher. Aquele que mais o seduzia era Antônio Machado. Parafraseava sem constrangimento: escritor não tem caminho; faz-se caminho ao escrever. Não soava tão bem, não soava bem, era, porém, o que sentia.

Ele pensava também em Miguel Thomas.

Se fosse um memorialista, o que se recusava a ser por preferir, em literatura, a força da imaginação e a liberdade de invenção, contaria histórias que negara para si durante muitos anos: podia ter matado um homem, salvara uma mulher de um sequestro, recusara propostas tentadoras para mudar de vida, podia ter dado um golpe num trapaceiro, ouvira muito jazz e pouco rock, passara por um drama na adolescência ao constatar que não acreditava em Deus, embora viesse a se interessar por todas as religiões, especialmente as de matriz africana, examinara a possibilidade de ser *gay*, amara algumas mulheres e iludira outras, desistira de tentar ser rico por preguiça de acumular mais do que o necessário, tivera uma revelação por volta dos 40 anos de idade: a literatura o salvaria do tédio, da mediocridade, da falta de sentido, dos jogos de futebol e das conversas de bar.

Um anjo triste dissera-lhe que seria o romancista do fim de uma época, o poeta de uma nova decadência, o narrador de um apocalipse, o porta-voz de uma mutação civilizacional, o pintor com palavras da era da imagem e o intérprete de uma crise social sem precedentes, aquela em que a própria literatura mudaria para sempre deixando para trás estátuas, monumentos, estrelas e destroços. Avisara-o de que isso teria um preço, uma conta que só seria apresentada ao final. Era pegar ou largar. Teria de negar-se para existir, de apagar-se para renascer, de extinguir-se para brilhar como uma brasa coberta de cinza.

Não poderia ter imaginado quanto o preço seria alto. O único desconto que percebia era o canto dos "inquilinos alados" no pomar.

A vida em reclusão, com vista para o público, melhor dizendo, vista por um suposto público, adquiriu a gelatinosa consistência da rotina. A câmera pegava, em alguns momentos, a capa do livro lido por Miguel Rogério. Durante alguns dias foi a *Odisseia*. Depois *Morte a crédito* e *Viagem ao fim da noite*. Por uma semana, *Conversa na catedral*. Longamente *Partículas elementares* e *Extensão do domínio da luta*. Quando lia *Uma temporada no inferno & iluminações*, ou *as Flores do mal*, parecia ajustar o ângulo para que a câmera fitasse os títulos. Em outros momentos, enquanto o leitor cochilava, viam-se baratas encordoadas, lombadas arqueadas, tons vermelhos, verdes, azulados.

O contato com a família diminuíra muito, quase a zero, a não ser pelo fato de que a mãe deixava para ele, no alpendre, pratos cobertos por guardanapos alvos e bordados à mão. Depositava a comida e se retirava a passo de fuga, apertando o nariz mesmo quando não sentia qualquer cheiro. Sabia que ele andava sem apetite, ou que seu paladar ficava cada vez mais exigente, ou limitado, e preparava-lhe comidas da sua infância. Uma vez por semana, uma lasanha ou um nhoque. Ele era louco por molho branco e por massa. Se, por algum tempo, amontoara caixas de pizza, por essa época, andava mais econômico nos pedidos. Um entregador trouxe-lhe um pacote pequeno, como se fosse um envelope com chá. Rotineiros mesmo eram os saques na sua conta bancária. Haviam assumido certa regularidade: mesmo valor a cada semana, às terças.

Sentia que se aproximava a hora de acertar as suas contas com a literatura, com a grande ideia e com os pequenos saques do sobrinho. Embora pudesse ser bem competente em termos de tecnologia, levando em consideração sua biografia, preferia perguntar a Joelson sobre o andamento do que designava como experiência antropológica diante da câmera. Queria saber se tinha público, se era visto, se tinha *likes*.

Era carnaval quando enviou um WhatsApp ao sobrinho. Queria vê-lo. Joelson apareceu com seus braços tatuados, suas roupas sempre estranhas para Miguel Rogério e seus fones soltos sobre os ombros. Haviam estado tão próximos e, em seguida, tão distantes que seria difícil explicar esse movimento sanfona, essa sístole–diástole, como dizia Miguel Rogério quando sentia falta do rapaz, pois precisava admitir que se afeiçoara a ele, apesar do seu "jeito esquisito" e dos saques tornados regulares como o pagamento de uma taxa qualquer.

Joelson não sentia o cheiro das baratas, nem se importava demais com os insetos, embora os esmagasse. Entrou na biblioteca com a falta de cerimônia que era bem sua, dessacralizando qualquer espaço. Miguel Rogério estava de costas. Quando se virou, ofereceu-lhe um cigarro:

— Não fumo, tio, tá ligado?!

— Mas é maconha, cara!

— Muito menos, tio.

— Ah, para, vai!

— Não fumo, tio. Nunca fumei.

— Preferes drogas mais pesadas?

— Droga nenhuma, tá ligado?! Não é a minha praia.

— Fala sério, cara.

— Tô falando muito sério, tio. De onde tirou isso?

— Já ouviu falar em *delivery*?

Joelson sorriu. O tio era capaz de surpreendê-lo. Ficou interessado em ouvir, o que raramente lhe acontecia, suas histórias.

— Sempre fumou maconha, tio?

— Quando jovem, na Europa.

— No Brasil, nunca?

— Às vezes, depois do escritório.

— Sozinho?

— Com uma amiga.

— Que amiga?

— Mariana.

— Sempre ela.

— Não tive muitos amigos.

— Melhor não deixar a mãe e vó saberem disso.

— Quem vai contar pra elas?

— Eu não. E o cheiro?

— Não vai chegar na casa da frente.

— Elas iam ficar bem tristes com você, tá ligado?!

Miguel Rogério deu uma longa tragada. Fechou os olhos. Quando os reabriu, olhou para o sobrinho como se tivesse chegado o momento:

— Vai me dizer que não bebe também?

— Álcool?

— O que seria, cara?

— Não bebo mesmo. Acho o gosto horrível.

— O que faz com a sua gangue?

— Gangue?

— Vi você um dia com um bando.

— Com a galera? São meus amigos.

— Não se drogam juntos?

— Acho que você tá vendo as coisas de modo errado, tio, tá ligado?!

— Ninguém fuma maconha na galera?

— Sim, alguns fumam. Eu não.

Miguel se sentia como se seu cu tivesse caído da bunda.

❖

A conversa parecia morrer ali.

Miguel Rogério precisava processar o que ouvira. Foi aí que Joelson apresentou o seu precioso boletim:

— Você tem sido visto por 253 pessoas.

— Tudo isso?

— Pros números da internet, tio, não é muito.

— É que minha referência é a literatura.

— Mas é um bom começo.

— Comentam o que veem?

— Alguns.

— Que dizem?

— Que as baratas são nojentas.

— Só?
— Por enquanto.
— De onde são?
— Até do estrangeiro.
— De que países?
— Do Uruguai e da Costa Rica.
— Que estranho, rapaz.
— Uma mulher disse que você é sujo.
— Não falam dos livros que leio.
— Não.
— Nada?
— Ah, sim, um cara falou que o Celina...
— Que Celina?
— Não tem Celina?
— Tem o Céline.
— Esse daí mesmo.
— Que tem ele?
— O cara disse que esse Céline era um nazista escroto.
— Nada sobre a literatura dele?
— Nadinha.

Joelson levantou-se. Começava a sentir um odor nauseabundo. Tudo ali parecia coberto por uma camada de sujeira. Precisava respirar.

Quando já estava na porta, de costas para a parede de livros, tendo esmagado duas baratas no caminho, ouviu o tio perguntar:

— Por que anda me roubando?

A pergunta alcançou Joelson como uma chicotada nas costas. Enrubesceu. Sabia que, cedo ou tarde, a pergunta viria. Não se sentia, contudo, pronto para responder. Começou a gaguejar. Estava pálido.

— Rou...rou....bando....

— Achou que eu não consultaria o aplicativo?

— É que... bem...

— Bem o quê?

— Não posso dizer.

— Era pra comprar maconha?

— Já disse que não fumo.

— Crack?

— Tá louco!

— Cocaína?

— De jeito nenhum.

— Pra pagar dívidas de jogo na internet?

— Não, não, tio, não é isso.

— Pra sexo?

— Claro que não.

— Então?

Joelson começou a chorar. Era só um menino diante de um homem subitamente colérico e cheio de perguntas injustas. Não negava o saque, não havia como negar, porém não soltava a explicação.

— Desembucha, rapaz. Ou conto pra sua mãe.

Ao fazer tal ameaça, Miguel Rogério sentiu certa vergonha e, ao mesmo tempo, achou-se ingênuo. Teria o sobrinho respeito pela mãe?

— Deixa a mãe fora disso, tio.

— Tem medo dela?

— Não.

— Tem o quê? Pena?

— Por que teria pena da minha mãe, tio?

— Tem ou não?

— Tenho amor por ela.

A palavra "amor" como que ricocheteou na face de Miguel Rogério. O jogo do sobrinho era outro. Qual? Resolveu que precisava apertar o torniquete, levá-lo a confessar. Dizia-se que não era pelo dinheiro, que não lhe faria falta, era por uma questão de valores, pelo futuro do garoto. Se nada tinha feito por ele, podia se recuperar então:

— Devolve o meu cartão.

— Não tenho aqui.

— Traz até amanhã de manhã.

— Vou lá buscar.

— Agora, não. Não antes de me contar o destino do dinheiro.

Num gesto inesperadamente rápido para um homem tão sedentário, Miguel Rogério interpôs-se entre o sobrinho e a porta. Joelson viu-se encurralado. Uma barata solitária corria pela borda da estante.

— Não era pra mim — disse.

— Era pra quem?

— Pro vô.

— Como? Seu avô pediu pra você me roubar?

— Roubar, não. Pra tirar pequenas quantias e passar pra ele.

— Conta outra, vai.

— É a pura verdade, tá ligado?!

— Pra que ele queria o dinheiro?

— Não sei. Ele nunca me disse.

— E você fez uma coisa errada pra agradar o seu avô?

— Ele jurou que você ia entender.

Mal amanheceu, Miguel Rogério precipitou-se até a casa da frente, impelido pela curiosidade, mais do que por um espírito de cobrança. Imaginava o velho fora do mundo, havia sido surpreendido por ele. O pai e a mãe ainda dormiam. Não viu tampouco a irmã nem o sobrinho. Voltou para o fundo com uma sensação de derrota, mais uma no seu cotidiano de aposentado. Pelas dez horas, com o sol alto e quente, empreendeu nova travessia a passos seguros. Encontrou tudo em silêncio. O pai estava sozinho na sala, sentado em sua poltrona marrom de couro surrado. Diante dele, na parede branca, uma imagem da Santa Ceia. Atrás, uma foto dele junto ao seu táxi, o carro que simbolizava o seu grande momento na profissão, um Opala preto. Miguel Rogério sentiu uma estranha ternura. Amava aquele homem. Sim, amava. Retirou delicadamente uma migalha de pão que restara presa à sua barba branca crescida. O velho sorriu depois de um alheamento:

— Filho, vieste me ver, que bom!

Os olhos de Miguel Rogério denunciaram o que lhe ia no coração. Ficaram marejados. A voz embargou. Lembrou-se de quando o pai o levava para passear nos seus carros: um fusca, um Chevette e o Opala. Naquele tempo, tudo era arriscadamente livre. Podia sentar-se à frente. Não se usava cinto de segurança. Numa camionete de um tio, andava, com os primos, na carroceria, agarrado na lataria, sacolejando pelas ruas. Recordou-se de quando iam pescar, até das tardes de futebol, das idas ao circo, ocasiões em que o pai parecia se divertir mais do que ele. Haviam sido felizes. Sim, podia dizer isso. Por que não se dera conta disso antes? Lembrou-se de quando o pai lhe comprava grandes flocos rosas de algodão. E quando lhe deu a primeira bola da sua vida, uma bola número cinco. A natureza, porém, não o fizera para o futebol.

No Opala, aprendera a dirigir. Como esquecer as primeiras lições, as mãos ao volante, o pai dizendo como soltar a embreagem, a voz segura dando as orientações, algumas brigas quando ele se distraía e errava as marchas, a janela aberta, o vento quente batendo no rosto, cabelos soltos, a primeira vez em que dirigiu sozinho ao crepúsculo?

— Pai, pra que queria dinheiro?

— Que dinheiro?

— Joelson me contou.

— Linguarudo.

— Pra que era?

— Não posso dizer.

— Como não pode dizer?

— Gostou das bolinhas de gude?

— Como sabe das bolinhas de gude?

O pai riu. O seu rosto em ruínas ficou iluminado como quando era jovem e lutava para sustentar a família. Miguel Rogério também riu.

— Então foi você?

— Pois é...

— O pião também?

— Gostou dele?

— E o cubo?

— Era o que você mais gostava.

— Ainda se lembra disso?

— Como esquecer? Você ganhou o concurso da cidade.

Não podia usar com o pai o mesmo método empregado com o sobrinho. Teria de convencê-lo suavemente a falar. Estava diante de um personagem que sempre lhe parecera complexo na sua grande simplicidade. Uma pessoa de princípios e de caráter, flexível, no entanto, face às exigências da vida e das necessidades dos seus. O pai havia lhe ensinado que a independência é o bem supremo da pessoa. Ao mesmo tempo, dissera-lhe um dia que é preciso saber jogar. A força dos fracos, explicara-lhe durante uma pescaria, consiste em dobrar para não quebrar. Quantas vezes vira o pai ir quase até o chão, vergando-se dolorosamente, para não se partir e colocar comida na mesa dos seus? Certa época, o pai trabalhara como motorista de táxi para um homem que não dirigia os seus carros. O patrão tinha seis licenças compradas no mercado paralelo. Não assinava carteira, pagava pouco e cobrava muito. Queria que a meta de cada dia, a "féria", fosse atingida sem exceção. Então o pai devolvia parte do seu ganho do dia anterior para evitar uma ruptura. Era isso ou nada. Ali, Miguel aprendera sobre injustiça.

O pai curiosamente preferia falar em estratégia. Assim, apesar das enormes dificuldades e das muitas rasteiras sofridas, das quais dizia não ter mágoas para não chorar duas vezes, juntou dinheiro para comprar o seu primeiro carro, um fusca vermelho. A grande utopia da sua vida era expressa num lema que sempre repetia: nunca mais ter patrão. Dizia isso com sua voz tonitruante, vozeirão de cantor de bolero. De resto, adorava Nelson Gonçalves, especialmente cantando “naquela mesa tá faltando ele/e a saudade dele tá doendo em mim”. Morria de saudade do seu pai, o avô que Miguel Rogério não conheceria, morto por uma bala perdida ao tentar apartar uma briga de rua, numa sexta-feira, 24 de agosto, o Malaquias de todas as histórias que Joel sempre contava e que costumavam ter uma espécie de moral ou de mensagem: só o Estado deve andar armado, o que o obrigaria a saber atirar. Falava o Estado. Nunca se saberia de onde partira o tiro que matou o avô de Miguel Rogério, possivelmente da arma de um policial. As armas de fogo aterrorizavam a família: o bisavô de Miguel, o pai de Malaquias, Antônio Tomás, suicidara-se em casa. Uma bala na cabeça.

— Pra que precisa de dinheiro, pai?

— Coisa minha.

— Por que não me pediu?

— Pedi muito na vida.

— Sempre me ensinou que pedir era melhor que roubar.

— Que coisa! Disse mais do que pude cumprir.

— Que exemplo pro Joelson, pai?

— Um exemplo de amor.

— Que amor é esse?

— O maior amor que se pode ter.

— Ensinando desonestidade ao neto?

— O amor de pai pelo seu filho.

— Como?

— Pagar a impressão do livro de um filho sem editor.

Depois de alguns instantes de estupefação, Miguel Rogério encarou o pai e, o mais suavemente que conseguiu, disse-se baixinho:

— Eu nunca aceitaria pagar pra publicar um livro.

— Bobagem. Você não ficaria sabendo.

— Eu descobriria.

— Você mesmo me contou, Miguelzinho, que o Marcel Proust pagou para publicar o primeiro volume dos seus livros, não lembro mais o título.

— Não sou Proust.

— Ninguém é antes de publicar. Mas todos sonham ser.

— Como pode saber disso?

— Carreguei todo tipo de pessoas em meu carro. Dirigindo, aprendi muito sobre a vida. Posso dizer até que conheci o mundo.

A revelação do pai jogaria Miguel Rogério num misto de euforia e prostração. Então o velho ainda estava ligado no mundo, pensava nele, movia-se por ele, mesmo fazendo coisas erradas? Fora obrigado a passar-lhe uma carraspana – era a palavra que Joel usava para referir-se aos sermões que dava no filho antes que este botasse o pé na estrada e sumisse no mundo atrás dos seus sonhos até então não revelados. Depois do puxão de orelha, que o velho pareceu não escutar, fundiram-se num abraço, um longo abraço que havia muito tempo Miguel Rogério não tinha coragem nem disposição para dar. Choraram juntos.

A partir desse dia, renovado na sua esperança, Miguel Rogério sentou-se na sua poltrona amarela de leitura, diante da câmera crua, disposto a receber, enfim, a grande ideia que resultaria num livro à altura do esforço e do sacrifício do pai. Por que não se colocava à frente do computador? Não sabia. Já não tinha tempo nem gosto por explicações. Sentia que as coisas aconteceriam em sequência: primeiro, na poltrona, a ideia surgiria; em seguida, ligaria o computador e escreveria freneticamente durante uma semana ou duas. Uma história curta, contundente, cortante, definitiva, como uma bala na cabeça.

Ao ver as imagens das baratas por trás de Miguel Rogério, Olga indignou-se. Não podia aceitar que o filho fosse visto de maneira tão abjeta. Não o filho dela, a única filha de um advogado decadente, que lhe deixara pouco em patrimônio e muito em legado moral. Para o viúvo Álvaro Mendes de Almeida, o fundamental era que seus descendentes estudassem. Morto por um infarto fulminante quando fazia uma sustentação oral, não conheceria o neto, que estava então na barriga da mãe. Fora desse avô a sugestão que se chamasse Miguel, homenagem ao seu avô, que morrera lutando na última guerra civil do Estado.

Quando ouvia essas histórias, Miguel Rogério sentia vontade de investigar o passado da família. As árvores genealógicas, porém, o enfastiavam e o faziam abandonar o projeto. Não conseguia acreditar que se conseguisse ir tão longe na captura de dados perdidos no tempo. Mesmo assim, acontecia-lhe de divagar: quem teria sido o primeiro dos seus antepassados a embarcar para o Brasil? De onde teria partido? Nunca saberia o que o historiador Joelson Tomás, pois esse seria o seu nome autoral, descobriria anos depois: o primeiro partira de Portalegre, no Alentejo. Teria fugido de uma decepção amorosa, uma dessas dores que nunca se curam sem exílio ou morte. Especialista em história pessoal, professor convidado em Stanford, Joelson Tomás não hesitaria em viajar a Portugal em busca de informações sobre um antepassado que teria sido conhecido como vampiro de Sintra.

Então, que Olga também tinha o cacoete de dizer então, quase uma marca de família, ao ver as baratas repugnantes, com suas lombadas arqueadas, a mãe resolveu tomar providências sérias. Contratou por telefone uma empresa para dedetizar a casa de trás. Fardou-se de imediato para a guerra civil. A imagem chegara-lhe por uma vizinha, que viera desatinada mostrar-lhe uma "coisa horrível" na internet.

Ao neto, Olga não deixaria de perguntar com sua voz rouca, que fazia a filha, de implicância, chamá-la de voz de trovão:

— Foi você que ensinou o seu tio a se exibir na internet?

— Só instalei a câmera.

— Não tem vergonha do que fez?

— Só quis ajudar. A decisão foi dele.

— Você o influenciou, capeta!

— O tio me disse que o homem é sempre responsável pelo que escolhe.

— Hãhã...

Chegaram os homens para a grande dedetização. Eram três. Uma pequena brigada alaranjada. Três altos homens brancos. Olga assumiu o comando do ataque da janela de trás da casa da frente. O alarido da operação despertou Miguel Rogério dos seus "sonhos intranquilos". Apareceu no alpendre de pijama xadrez e pantufas azuladas. Ao perceber de que se tratava, recuou assustado. Correu até o banheiro, que não considerou suficientemente seguro para a resistência. Foi à cozinha, ao quarto, à biblioteca, onde avistou uma fila de baratas. Em seguida, voltou à varanda armado com uma vassoura de franjas verdes sintéticas.

Bradou:

— Ninguém vai matar os meus livros.

A sua voz era um misto das vozes do pai e da mãe. Se não era tonitruante nem propriamente rouca, podia ser chamada de rascante. Uma câmera instalada por Joelson na parte de fora da casa de trás, sem a autorização de Miguel Rogério, captava cada imagem do avanço das forças dedetizadoras. O espetáculo podia ser acompanhado pelo YouTube.

Fez-se um silêncio melancólico. Os homens da força dedetizadora não sabiam como proceder. A imagem daquele homem magro, desgrenhado, de pijama e pantufas, barba por fazer, imobilizou-os. Ficaram congelados no meio do pátio, pouco antes da sombra da caneleira. Olharam ao mesmo tempo para a retaguarda, onde Olga os observava com seus grandes óculos quadrados de lentes garrafais. Havia tanta indecisão nos olhos deles que se poderia acreditar que estavam prestes a bater em retirada, como se daquele destroço humano emanasse uma força assustadora. Estariam com medo? Ou com pena? O que os impediria realmente de avançar? Protegidos por seus uniformes e armados com seus instrumentos parecidos com lança-chamas, emitiam mensagens silenciosas em código. Quem poderia decodificá-las? Joel permanecia alheio na sua cadeira de repouso. Joelson e Marta não estavam em casa. Olga reinava soberana. Soltou a voz num comando marcial que ecoou no pátio:

— Avançar!

Os homens deram mecanicamente dois passos à frente. Miguel Rogério agitou-se. Como poderia resistir sozinho ao ataque de três homens armados até os dentes com fuzis especiais? Nunca fora um homem de brigas, ainda que a vida o tivesse exposto a alguns enfrentamentos. Lembrava-se de, na infância e na adolescência, ter brigado cinco vezes e perdido quatro lutas. A sua única vitória fora sobre o magricela Laurinho, a quem fizera rolar na areia. Duas vezes, de brincadeira, havia imobilizado seus adversários com golpes certeiros, que não se imaginava capaz de aplicar. Um deles voltara com os irmãos. Pensara rápido e pedira que os deixassem lutar. Aceito o desafio, tomou rapidamente uma forte bofetada na cara e chorou.

— Aprendeu? Nunca mais *se* mete com a gente — avisou o mais velho.

A grande humilhação da sua vida, porém, aconteceria com outro menino, tão magricela quanto Laurinho. Nos seus primeiros anos de convivência com coleguinhas, Miguelzinho era temido por morder, chutar canelas, não temer ninguém. A partir de certa idade, talvez dez anos, acovardou-se. Já não brigava. Ederson percebera essa mudança e passara a persegui-lo. Miguel sabia que podia espancá-lo facilmente. Não o fazia. Ao contrário, fugia. O pai passara a vergonha de ter de ir com ele à casa do inimigo para negociar um pacto de não agressão. Anos depois, na terapia, Miguel Rogério ouvia-se perguntar em voz alta:

— Por que não dei uma surra naquele imbecil?

O passado não podia salvá-lo do presente. A tropa ariana preparava-se para desferir o ataque que mudaria a sua vida. Berrou:

— Morrerei com meus livros.

A brigada laranja parou novamente. A voz de Miguel soava então metálica, intransponível, com uma energia jamais vista nela. Os homens contariam, anos depois, que se sentiram constrangidos, como se fossem transpor um limite inaceitável, praticar um crime contra a humanidade. Só que não sabiam exatamente a razão do que experimentavam. Olharam outra vez para trás. Olga havia abandonado a sua trincheira. Já não se protegia atrás da moldura da janela. Estava no pátio, fardada com um vestido florido, cabelos brancos presos num coque à antiga.

— Paguei pelo serviço. Avancem — ordenou.

Em ordem-unida os três avançaram. Em segundos estariam cara a cara com o defensor do cafofo disposto a barrar-lhes a entrada. Olga, sem refletir, avançou atrás dos seus mercenários. Quando estavam a um passo da cidadela sitiada, ela sentiu o odor da trimetilamina e recuou horrorizada, com a mão direto na boca, prestes a vomitar.

— Morrerei com meus livros — repetiu Miguel, sacudindo a vassoura.

O mais alto dos dedetizadores, que talvez por isso exercesse a função de líder, tomou coragem de falar com Miguel Rogério:

— Viemos em missão de paz, senhor.

— Paz? Se querem exterminar meus livros...

— Só as baratas, senhor.

— Não tem baratas aqui. Só livros.

— Prometo que respeitaremos seus livros, senhor.

O rosto de Miguel Rogério assumiu repentinamente a dureza do mármore. A voz tomou uma tonalidade acarpetada. Os olhos faiscaram. Havia dezenas de igrejinhas esculpidas em pedra-sabão em torno dele.

— Só entrarão aqui com um mandado judicial.

A tropa petrificou-se. Não invadiriam uma residência. Entreolharam-se confusos. Olharam para Olga, que recuara para bem antes da caneleira. O mais baixo (formavam uma escadinha com mínimas diferenças de altura) atreveu-se a soltar a pergunta até ali abafada:

— Que merda é essa?

Eram pessoas de bem, pacatos trabalhadores, missionários de uma luta sem fim contra o crescimento exponencial das baratas, não milicianos contratados para invadir uma residência privada.

– Tô saindo fora – disse o mais baixo.

A debandada parecia inevitável. O mais alto encolhera um pouco. O do meio só cumpria ordens. Foi aí que se ouviu Olga trovejar:

— Eu sou a dona da casa. Você a colocou no meu nome, Miguel.

Estupor. O do meio colocou-se prontamente em posição de ataque. A voz de Miguel diminuiu a ponto de tornar-se quase inaudível.

— Por que está fazendo isso comigo, mãe?

— Preciso te salvar de você mesmo, filho.

O ataque aconteceu sem a participação do mais baixo. Miguel Rogério ficou balançando a vassoura enquanto os dois invasores pulverizavam cada canto da sua casa. Como havia baratas que se expunham sem a menor cerimônia, ainda que fosse de manhã, o extermínio passou a ser físico mesmo, como numa luta corpo a corpo nas trincheiras. Em poucos minutos havia pilhas de cadáveres no chão de barriga para cima, antenas da raça abatidas, símbolos de sonhos maus entre igrejas de pedra-sabão, um pião, um cubo mágico e bolinhas de gude coloridas. Os homens usavam botas de bico fino especiais para aquele tipo de combate. Baratas foram esmagadas nos cantos em que se entrincheiravam. Os atacantes pareciam numa guerra contra o mal.

Na pressa da ação, com a meta inegociável de não deixar nenhum recanto incólume para o adversário, livros em pilhas também se esparramaram no piso. Havia de todas as cores, tamanhos e volumes. Na entrada já se via uma capa de Rousseau jazendo ao lado de uma folha de rosto de Paul Auster. Mais adiante, morria um Baudelaire. A operação de rescaldo recolheria 402 carcaças de baratas e 2.202 livros fulminados. As contas de Miguel somariam os dois itens, como ele declararia em sua primeira e última alocução diante da câmera. Muitos boiavam numa água suja que vertia de um cano quebrado na correria.

Contaria muito para a derrapagem acontecida o fato de que os dedetizadores estavam estressados, excitados mesmo, e que lá de fora, de trás da caneleira, Olga gritava ordens inclementes e frenéticas:

— Não poupem uma só. Matem tudo.

O dedetizador mais baixo, que se recusara a participar do ataque, filmaria tudo com o seu celular, fornecendo imagens de ângulos não alcançados pela câmera de segurança colocada por Joelson. Ele se daria o luxo até mesmo de fazer uma selfie ao lado do trêmulo Miguel Rogério. No vídeo, Miguel aparecia murmurando a sua determinação:

— Morrerei com meus livros.

A sua câmera passeia pela casa e se fixa na redoma transparente com o N de Nottingham no chão com uma barata morta colada ao vidro.

Já mais para o fim da ação, com baratas saindo de lugares inusitados, o dedetizador líder soltou um grito de espanto, o que imaginava não ser mais capaz de sentir depois de doze anos no papel de exterminador da grande praga daqueles anos de transição tecnológica:

— Achei o cafofo delas.

— Onde? — perguntou o subordinado.

— Aqui, num depósito de jornais velhos.

Ao lado do banheiro, de fato, havia uma pequena peça que permanecia sempre fechada. Ao abri-la, o dedetizador deparou-se com uma montanha de jornais que ia até quase o teto. Um viveiro de baratas. As imagens da câmera externa mostrariam que a família desconhecia um hábito de Miguel Rogério: ele recebia diariamente jornais trazidos por um entregador cedo da manhã, quando todos ainda dormiam. O que ninguém ficaria sabendo era o motivo do segredo: Miguel Rogério não queria que o chamassem de velho por ler jornais impressos. Uma vez, uma única vez, Mariana, ao flagrá-lo lendo um magro jornal local, havia meneado a cabeça do seu jeito delicioso e ironizado:

— Ler jornal impresso é passar atestado de velhice, Miguel.

Fora o que bastara para que os jornais impressos visíveis desaparecessem da vida do advogado e escritor. No entanto, precisava sentir o cheiro deles, sujar as mãos, acariciá-los antes de um café. Jornais e livros eram para ele um conjunto que, em tese, se completava com charutos cubanos, cálices de vinho tinto e taças de café forte. Por recomendação médica ou desinteresse mesmo, quase que eliminara os últimos itens. Se exibia os seus livros, escondia, porém, os seus jornais. O que diria Joelson se o visse com um jornalão? Os dedetizadores exagerariam dizendo que havia uma barata para cada jornal. Um deles chegou a afirmar que era um inseto por página.

A empresa dedetizadora, acionada por Marta, que só tomaria conhecimento da devastação na manhã seguinte ao atentado e não se calaria diante do horror praticado, rejeitaria pagar qualquer compensação pelo estrago feito. O caso acabaria na justiça. Cinco anos e meio depois ainda não havia decisão transitada em julgado. O advogado da família, Ademir Barreto Bastos, ex-colega de Miguel Rogério no escritório do centro da cidade, tranquilizava a cliente: era só uma questão de tempo. Pedia calma. Estava certo da vitória. Marta explicava pela enésima vez que não era por dinheiro que esperava uma decisão favorável. Era pela memória do irmão. Uma questão moral.

Ou quase.

O evento inesperado abalou Miguel Rogério. Constatou que não era o rochedo – a imagem era uma das suas prediletas – que outrora alardeava ser. No popular, baqueou, sentiu o tranco, arriou. O tempo fechou à tarde. Uma chuvinha miúda e incomum para a estação começou a cair. Agosto instalou-se naquele começo de março trazendo consigo brumas improváveis e latidos de cães. Miguel recolocou sua poltrona de leitura na posição correta. Encontrou-a emborcada sobre uma montanha de livros destroçados. Nesse cenário desolador, preparou a breve alocução que faria para os seus possíveis telespectadores. Não se convencia de que esse fosse o termo adequado. Levava-o a pensar em televisão, apresentadores engravatados, *Jornal Nacional*, algo assim, típico de um tempo que sabia revoluto, embora ainda vivesse de seus vestígios, como autores autografando em feiras de livros vazias.

A história da humanidade, se uma expressão tão ampla, e por isso pomposa, for aceitável para um leitor exigente, prova que dificilmente há desolação sem contraponto. Enquanto Miguel Rogério lambia as suas feridas, uma vizinha começou a embalar o bairro com 120 decibéis de música eletrônica. Personagem misterioso e eclético, Miguel Rogério tivera seus dias até de funk. A informação pode parecer inverossímil. Atire a primeira crítica quem não foi inverossímil um dia ou não conheceu alguém assim, redondamente contraditório ou fora da caixa e da curva. Eu, por exemplo... Opa! Isto não é uma autobiografia.

A verdade é que Miguel Rogério não sabia como colocar a sua casa em ordem. Era da última geração que sabia pouco sobre a vida prática e explorava as mulheres da casa para tais fins. Teria de pedir ajuda à família. Deixou a tarde escorrer sem sair de sua posição de observador extenuado. Observava com ar *blasé* o olho de vidro da câmera. Esperava, quem sabe, uma reação qualquer, uma piscada, um sinal. Enquanto decorava o seu breve texto, lembrou-se de parte da última conversa com o sobrinho. Quando deixara escapar um lamento pelo que pensava ser o fim de uma época, o dobrar dos sinos por um tempo epicamente autossatisfeito, Joelson, com sua incrível maturidade precoce, dissera:

— Não é o fim do mundo, tio, tá ligado?!

— É o que então?

— O fim de um mundo.

— Pois é, do meu mundo.

— Muda, tio. Você pode!

Ali estava, pois, como no poema de outro cartão-postal que guardava consigo desde quando morava na Europa, pós-tudo, mudo. Embora amasse poetas como Eliot e até Neruda, não desprezava a arte concretista, daqueles poetas paulistas, em geral, que desenhavam os poemas tanto quanto os parnasianos os cinzelavam, para desespero dos cariocas. Ajeitou-se na poltrona. Sentiu um leve incômodo. Algo não ia bem. Decidiu que era hora de falar. Não havia mais tempo a perder nem a vender. Despejou o seu discurso em trinta segundos. Lamentava não ter a quem perguntar se devia falar olhando para a câmera ou como se estivesse conversando com alguém. Queria parecer natural. Era tudo.

Apagou-se diante da câmera como se tivesse vivido para morrer em cena. Entre as mãos, o cartão-postal com os cavalos de corrida em treinamento de Degas, pintados no longínquo 1894. O polegar direito do morto cobria o animal negro levemente desgarrado. Infarto fulminante. Tudo aconteceu de acordo com os passos disponíveis em qualquer tutorial. Primeiro, sentiu um desconforto no peito, o que não escapou aos telespectadores atentos, pois uma contração na face, como um tique, moveu também o seu olho esquerdo. Levou dissimuladamente a mão esquerda ao peito, como se fizesse um carinho em si mesmo. Em seguida, contraiu primeiro um braço, depois o outro. Alguns segundos depois, moveu a mão esquerda como se quisesse afastar uma comichão. Por fim, ficou tão branco que mesmo uma conexão ruim não deixaria de captar a transformação no seu rosto. Gotículas de suor apareceram. Os sintomas internos pareciam evidentes e crescentes: falta de ar, enjoo, tontura, ansiedade, o pacote completo na sua primeira e última *live* solo. No *frame* final, desviou o olhar da câmera e soltou uma golfada de vômito, cobrindo com seu último jorro a capa de uma edição rara de Eliot. É sabido que a realidade gosta das coincidências mais improváveis.

Essa morte ao vivo viralizou. Rapidamente atingiu o topo dos assuntos mais comentados do YouTube, do Instagram e do Twitter. Uma tríplice coroa, caso se possa falar assim, fora do universo exclusivo do futebol, enfim, se essa imagem ainda diz alguma coisa para todo mundo. Talvez seja mais eficiente e neutro dizer um *hat tricker*. Assim se acabou, mais cedo do que o provável, mais tarde que o possível.

A morte revelou um Miguel Rogério inteiramente desconhecido dos seus familiares. Um pouco acima do coração, ele trazia a tatuagem delicada de um tigre em pleno salto. A imagem deu-se a ver como uma aparição quando Marta olhou o corpo nu do irmão. Ninguém conseguiu impedi-la de participar da preparação do cadáver para a cremação, tarefa desde muito tempo entregue a profissionais altamente preparados para o contato diário com a morte sem emoção nem lembranças incômodas, estágio só alcançado com muito treinamento, prática e neutralidade.

Se não se suicidou, o que poderia ter acontecido se continuasse a viver nas condições angustiantes da grande espera, deixou uma mensagem. No verso do cartão-postal com os cavalos de corrida de Degas, no espaço que não fora coberto pelas palavras que o intrigavam e que terminavam com o provocativo "você me colhe...", escrevera: "A grande ideia da minha vida só podia ser ler. Nada me fez mais feliz e realizado. Como não percebi isso antes?

Como pude não ver? Quem ama ler, escreve por outras linhas". Foi o seu último anacoluto.

❖

A morte de Miguel Rogério tornou a sua rua famosa por alguns dias. Equipes de reportagens da velha mídia apareceram para cobrir o acontecimento. Afinal, não é todo dia que alguém morre ao vivo. Miguel havia sido um crítico das derivas da mídia. Chegara a pensar que a grande ideia seria escrever um livro sobre o que chamava de inversão civilizacional: uma mulher desaparece; a mãe dela envia 572 mensagens a veículos de comunicação – rádio, televisão e jornal – pedindo ajuda. Nem sequer uma resposta recebe. Na mesma época, o desaparecimento de uma cadelinha merece trinta minutos em dois domingos num dos programas mais vistos do Brasil. Embora não fosse jornalista e não tivesse a menor simpatia por esses fofoqueiros profissionais, Miguel Rogério conhecia a tirada segundo a qual notícia não é o cachorro morder o homem, mas o homem morder o cachorro. Podia, portanto, atualizá-la: notícia não é o dono desaparecer, mas o seu cachorro. Dizia isso e sofria o ataque imediato de Mariana, que o chamava de ultrapassado, antropocêntrico e incapaz de valorizar o sofrimento dos animais, que são sencientes. Como discordar? Enfurecia-se sempre mais quanto mais certa ela estivesse.

No velório, encontro inicialmente formal, sem grandes sofrimentos e certa sensação de tédio, duas cenas chamariam a atenção da família. Primeiro, uma mulher toda de azul, à moda muito antiga, dessas excentricidades que se perdem no tempo, estática junto ao caixão, sem lágrimas. Joelson seria o primeiro a perguntar para a mãe:

— Quem é aquela?

— Nunca vi. Talvez seja a tal da Mariana.

— A vó disse que a Mariana não é.

— Como ela pode saber se nunca viu essa Mariana?

A outra cena era a de dois homens muito elegantes nos seus ternos escuros, óculos escuros, gestos precisos, sussurros.

— Quem são esses daí? — uma passante perguntou.

— Alonso & Macedo, Advogados Associados — informou Ademir.

Não convém, entretanto, banalizar a morte. Um velório, como a maioria dos divórcios, ainda contém alguma carga de sentimento, embora, em média, conforme a idade do morto e sua importância social, a expressão desse pesar tenda a ser cada vez mais discreta. Olga era, de acordo com a expressão consagrada, a própria imagem do sofrimento. Mãe, num caso desses, não conta, diria Ademir, sempre preciso nos seus comentários aleatórios e na sua capacidade de ignorar o contexto.

— Ele surtou — repetia Olga.

— Eles é que surtaram — emendava Marta.

Olga levaria anos para se sentir menos culpada, embora, como lhe repetiria tantas vezes o neto, não tivesse culpa alguma. Uma figura não chamaria a atenção, apesar de vestir a sua melhor roupa preta de domingo, camisa branca, alva mesmo, gravata larga, sapatos lustrosos, a mesma indumentária que usava para transportar passageiros muito especiais, os que pagavam bem. Chegara a ser contratado, num verão da sua melhor fase, para levar no seu Opala flamante o prefeito da cidade à capital do Estado. Joel manteve-se alheio a tudo. Em certo momento, a passos muito lentos, aproximou-se do caixão e, com um rosto distante de sua voz tonitruante, balbuciou uma pergunta:

— Quem morreu?

Marta o acudiria explicando aos presentes, que nem tinham ouvido a pergunta, que o pai estava "num dia ruim". A justificativa foi imediatamente aceita por todos. Ela ainda acrescentou: "Oscila muito".

Numa demonstração de respeito, Joelson manteve, durante toda a cerimônia fúnebre, incluindo o rito final, os fones sobre os ombros.

Ele herdaria o celular do tio.

Na parte reservada à família, não foram permitidos celulares.

Miguel Rogério, velado num caixão em formato de livro, por sugestão de um colega de jornal surgido do nada onde ele havia publicado muitos dos seus esquecidos artigos sobre a poesia e o cotidiano, seria cremado. As suas cinzas foram jogadas na curva do rio da cidade, naquela parte onde ele caminhava para encontrar desconhecidos que lhe sorriam e homens jogando cartas na calçada.

Havia bolinhas de gude coloridas no caixão.

A alocução de Miguel Rogério feita pouco antes do infarto que o matou podia ser encontrada facilmente na internet até pouco tempo. Um processo movido por seus ex-colegas Fábio, Raul e Diogo, em nome do direito ao esquecimento, conseguiu que ela fosse retirada de todas as plataformas. A decisão do Supremo Tribunal Federal foi considerada inédita e revolucionária para o Brasil, embora tenha causado certa polêmica e sido rotulada de censura por ativistas de uma organização de direita chamada "Rastros nunca se apagam" e por uma entidade de esquerda conhecida como "Pedagogia da memória pós-colonial".

Acontecem, como sabem aqueles que, por idade, extravagância mórbida ou interesse antropológico de antecipação, já frequentaram muitos velórios, coisas esquisitas nesses encontros sociais marcados pela curiosidade e pelo voyeurismo. Um crítico literário que jamais comentara qualquer linha dos escritos de Miguel Rogério, declarou:

— Poderia ter um futuro promissor na literatura.

Só analistas de discursos atentos compreenderiam que era um elogio incompleto, na defensiva, protegido por esse "poderia ter". Ademir, com lágrimas nos olhos, depositou dois livros dentro do caixão: *A sociedade do espetáculo*, de Guy Debord, e *As flores do mal*, em português, em outra tradução que não a de Miguel Rogério.

Foram feitas muitas homenagens eruditas ao morto. Colegas leram passagens de autores que Miguel Rogério adorava e gostava de citar. Marta, com interrupções chorosas, leu um fragmento de T.S. Eliot: "Em meu princípio está meu fim./Umas após outras./As casas se levantam e tombam, desmoronam, são ampliadas,/Removidas, destruídas, restauradas, ou em seu lugar/ Irrompe um campo aberto, uma usina ou um atalho". Carlos Alonso, de Alonso & Macedo, Advogados Associados, com voz cristalina e gravíssima, recitou: "Há um relógio que não toca". Para evitar erros da imprensa presente, completou: "Jean-Arthur Rimbaud".

Um desconhecido, de pele macilenta como um pergaminho, nariz aquilino, magro como um mastro de bandeira, cujo nome não foi citado pela reportagem, foi de Mario Vargas Llosa, *Conversa na Catedral*: "Da porta do La Crónica Santiago observa a avenida Tacna, sem amor: carros, edifícios desiguais e desbotados, esqueletos de anúncios luminosos flutuando na neblina, o meio-dia cinzento. Em que momento o Peru tinha se fodido?" Achou por bem fazer uma correção à tradução brasileira: "Deveria ser Conversa no Catedral, pois Catedral era o nome de um bar", disse. Ouviu-se um "ah!!!" da parte de quem não havia lido o livro e só conhecia Vargas Llosa como um reacionário do caralho. Alguém, cuja identidade não foi identificada, perguntou:

— Que merda tem o Peru a ver com o nosso morto?

A mulher de azul permaneceu ereta como uma estátua, o que lhe dava um ar solene e, ao mesmo tempo, adequado ao ar do tempo, como se fizesse pilates todos os dias para corrigir a postura. O representante do prefeito, que se apresentou como mestrando em sociologia, leu com voz aguda parte de uma das teses de Guy Debord: "O espetáculo não canta os homens e suas armas, mas as mercadorias e suas paixões". Foi aplaudido por uns e criticado por outros. Uma mulher irritou-se:

— Devia ler isso pro teu patrão.

Joelson fechou as homenagens: "Quero lembrar da última coisa que o tio me disse: 'Só se escreve uma vez'". Soltou a frase, tropeçando nas palavras, num vermelhão total, e chorou. Marta tratou de encerrar essa parte que arriscava descambar para sarau literário ou debate político.

— Meu irmão merecia até mais do que isso, mas o relógio tocou.

Virava-se a página, encerrava-se o capítulo, fechava-se o livro, punha-se o ponto final. Todas essas metáforas de ocasião foram generosamente usadas sem direito à citação no jornal impresso, onde saiu um pequeno texto. Houve também cantoria. Um amigo, um daqueles que viera visitar Miguel Rogério na sua biblioteca, cantou, dedilhando molemente o violão, uma canção de Belchior, cujo título o jovem repórter não identificou, tendo escrito apenas "uma música de Belquior", mas que presentes dizem ter sido "A palo seco".

Posteriormente, como anotaria anos depois Joelson em seus estudos memoráveis e campeões de citações no Google Scholar, sobre "Autoria, literatura, paternidade e filiação por afinidades eletivas ou afetivas", descobriu-se, quebrada a senha do computador de Miguel Rogério, um Mac de última geração, que não havia qualquer arquivo contendo alguma história começada, esboçada ou prevista. A bem da verdade, havia unicamente uma receita de arroz com pêssego, estranha sobremesa típica da região dos seus avós paternos, feita com passas de pêssego, arroz e açúcar queimado, que Miguel detestava, ainda mais quando comida fria. Havia, para seu horror, quem comesse até mergulhada em leite frio. Um segundo arquivo, intitulado "poema", continha duas linhas que Joelson identificaria como copiadas de uma postagem no X, antigo Twitter, da época em que o passarinho azul da rede social fora extinto pelo egocentrismo do bilionário Elon Musk, cuja maior contribuição à humanidade seria a de colocar a inteligência artificial a serviço da estupidez natural de Donald Trump. Os versos, que Musk não pode ter mais lugar neste relato, eram estes: "Amaldiçoado pela lua/inventei a palidez natural das manhãs".

Era tudo.

❖

Ia esquecendo. Mortes súbitas, velórios, cremações, cinzas a espalhar, tudo isso provoca confusões mentais e esquecimentos. Na despedida de Miguel alguém contara o caso de uma pessoa que fora a um velório e, emocionada, partira antes do enterro, desculpando-se mais tarde com a família, de quem era muito próxima, pela gafe. Se não houve algo assim com Miguel, nem tudo foi contado naquele dia. É possível que nem tudo tenha sido contado até hoje e provável, talvez até mesmo certo, que nem tudo jamais venha a ser revelado.

Antes do velório, enquanto retiravam o corpo da casa de trás para velá-lo no acanhado centro cultural do centro da cidade, chegara o carteiro. Olga rasgara confusa o envelope como que pressentindo.

A carta da grande editora tinha apenas duas linhas:

"Informamos que o seu original foi aceito para publicação. Escolhemos, entre os títulos sugeridos, *Sabia que ibas a venir*."

A protagonista da história chamava-se Mariana.

Havia um P.S.: "A edição será em E-pub. A depender da acolhida, será feita uma edição impressa para colecionadores e outros."

Com a morte do autor, o livro ainda não saiu.

Heras cobrem a casa de trás, que nunca mais foi habitada.

Titi, aquele colega de escritório de Miguel Rogério, exclamaria:

— *Ad hunc modo.*

Dessa forma.

Este livro foi confeccionado especialmente
para a Editora Meridional Ltda.,
em Electra LH RegularOsF, 10,5/16 e
impresso na Gráfica Noschang.